지금이 과거다

지금이
과거다

초판 1쇄 인쇄일 2014년 9월 15일
초판 1쇄 발행일 2014년 9월 18일

지은이 바트바야르
펴낸이 양옥매
디자인 최원용
교　정 김인혜

펴낸곳 도서출판 책과나무
출판등록 제2012-000376
주소 서울특별시 마포구 월드컵북로 44길 37 천지빌딩 3층
대표전화 02.372.1537　팩스 02.372.1538
이메일 booknamu2007@naver.com
홈페이지 www.booknamu.com
ISBN 979-11-85609-70-6 (03810)

이 도서의 국립중앙도서관 출판시도서목록(CIP)은 서지정보유통지원 시스템
홈페이지(http://seoji.nl.go.kr)와 국가자료공동목록시스템
(http://www.nl.go.kr/kolisnet)에서 이용하실 수 있습니다.
(CIP제어번호 : CIP2014026466)

지금이 과거다

바트바야르 지음

책나무

불가능한 꿈을 좇는 사람들이 있고,

불가능하다는 걸 깨닫고 꿈을 포기하는 사람들이 있다.

그리고 불가능한 꿈을 이루어 낸 사람들이 있다.

누군가 이루어 내기 전까지 모든 꿈은 불가능하다.

이 책에서 나는 "불가능하니까 꿈을 포기하라"가 아니라 "불가능한 꿈을 좇으라"고 말할 것이다.

그런데 이 책은 단순히 꿈 하나만을 주제로 삼은 책은 아니다.

처음 한국에 유학 왔을 때 같이 유학 온 친구 한 명이 있었다.

전주에서 대학을 졸업한 후 나는 서울에 올라와 학교를 더 다니게 되었고,

친구는 귀국해서 취직을 하게 되었다.

우린 동갑이었다.

그런데 얼마 전에 친구가 세상을 떠났다는 소식을 듣고 충격을 받았다.

그리고 여러 가지 질문들이 나를 괴롭히기 시작했다.

'내 친구는 무엇에 제일 많이 후회했을까?'

'인생을 두 번 다시 살 수만 있었다면 그는 두 번째 인생을 어떻게 살고 싶을까?'

'시간을 되돌릴수만 있었다면 그는 과거로 돌아가서 어떻게 살고 싶을까?'

그러다가 갑자기 내 질문들이 잘못됐다는 걸 깨달았다. 그리고 질문을 다음과 같이 바꿨다.

'죽을 때 후회하는 삶을 살지 않으려면 어떻게 해야 할까?'

'지금이 나의 두 번째 인생이라면 어떻게 살아야 할까?'

'지금이 과거라면 어떻게 살아야 할까?'

이 책에서 나는 당신에게 위와 같은 질문들을 던지고, 그

질문들에 대한 답을 생각하게 만들 것이다.

어느 날 새벽에 우연히 생긴 '지금이 과거다'라는 이 아이디어 하나가 그렇게 깊은 뜻을 가지고 있었다는 걸 나도 처음엔 몰랐다.

하지만 원고를 3번 다시 쓰며 '지금이 과거다'라는 아이디어에 대해서 더 깊게 오랫동안 생각하면 할수록 더 많은 것을 깨달을 수 있었다.

"지금이 과거다"라고 말하면 처음엔 무슨 말인가 싶을 수도 있지만 책을 다 읽고 나면 무슨 말인지 알게 될 것이다.

요리하는 데에 3시간이 걸린 음식을 3분 만에 먹어 치울 수 있는 것처럼 쓰는 데에 3년이 걸린 이 책을 다 읽는 데에 어떤 독자는 3일, 어떤 독자는 3시간이면 충분할 수도 있다.

단어를 경제적으로 사용했고, 전하고자 하는 메시지를 억지로 늘려 쓰고 싶지 않았다.

part1에서 전하는 메시지들을 part2에서 독자들이 좀 더 흥미를 느낄 수 있게 재미있는 스토리로 표현하려고 노력했다.

단, 한국어 표현이 조금 서툰 부분들이 있을 수도 있다.

부디 내가 전하고자 하는 중요한 메시지가 이 책을 통해 당신에게 잘 전달되기를 기도한다.

contents

3장. 그런다면 / 44

6장. 그리고 / 140

PART 2

PART 01

그게 말이야/그러니까/그렇다면/그러나/그래서/그리고

과거는 뒤돌아보고
후회하는 것이
아니라,
체험하고
만들어 가는 것이다.

:
:

1장

그게 날·ㅣ·ㅑ

1. 지금이 과거다

우리가 잊지 말아야 할
가장 분명하고 가장 중요한
2가지 사실이 있다.

첫째, 우리는 누구나 다 언젠간
죽기 마련이다.

둘째, 우리가 죽고 나면
우리 인생 전체는 과거가 되기 마련이다.

따라서 관점을 조금 바꿔서 생각해 보면

지금 이 순간이 과거라고 할 수 있고,
지금 우리는 과거에 살고 있다고 볼 수 있다.

과거 는 뒤돌아보고

후회하는 것이

아니라,

체험 하고

만들어 가는 것이다.

2. 지금의 당신은 과거의 당신이다

과거에는 가난했지만
경제적으로 자유로운
부자가 된 사람들.

과거에는 아무도 아니었지만
사람들이 존경하고 좋아하는
누군가가 된 사람들.

과거에는 남들 보기에 실패한 삶을 살았지만
마침내 꿈을 이루어 내서
빛나게 성공한 사람들.

세상엔 그런 사람들이 많고,
당신은 그 사람들 중 한 명입니다.

젊었을 때
다시 젊었을 때로 돌아온
늙은 사람처럼 살자.

살아 있는 동안에
다시 살아난
죽은 사람 처럼 살자.

3. 인생에 대한 새로운 개념

우리는 태어나서부터
계속 과거 속에 살다가 죽는다.

결국
인생을 산다는 것은
과거를 체험하는 일이다.

4. 시기에 대한 새로운 개념

현재와 미래는

과거 속에 존재한다.

현재와 미래의 본질은 과거다.

잡히지도 않을
현재와 미래를 잡겠다고
당신의 소중한 과거를
놓치지 마세요.

·
·
·

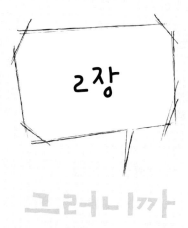

2장

그러니까

1. 과거를 즐겨라

지금 만약
당신에게 돈도 별로 없고
경제적으로 힘들다면
가난했던 당신의 과거를 즐기세요.

지금 만약
당신의 앞길이 감감하고
좌절감을 느낀다면
힘들었던 당신의 과거를 즐기세요.

지금 아니면 언제 또 그렇게 가난해 보겠어요?
지금 아니면 언제 또 그렇게 고생해 보겠어요?

지금이 과거다

어느새 부자가 된 당신은
과거에 가난했고 힘들었던 시절을
가끔은 그리워하게 될 것입니다.

지금 기회가 주어졌을 때
마음껏 가난하게 살아 보고,
마음껏 고생해 보세요.

힘든 시절이
영원할 것처럼 생각하지 마세요.

지겨운 가난도,
힘겨운 고생도,
이 모든 것이 하나도
영원하지 않을 것입니다.

2. 할머니의 한마디

할머니 댁까지 1시간 정도 걸어갔다.
"여기까지 걸었더니 힘들어 죽겠어요."

그러자 고모가 말했다.
"날씨도 더운데 귀찮게 뭐하러 걸었니?
그냥 버스를 타지."

그때 할머니께서 말했다.
"걷는 것이 행복이란다 애들아."

어쩌면 지금 우리는
늙는다는 생각조차도 하지 않고,
마치 영원히 늙지 않을 것처럼,
영원히 젊은 이대로만 살 것처럼
살고 있을지도 모릅니다.

그러나
우리가 원하든 원하지 않든,
어느새 우리는
마음대로 걸어 다니지도 못하는
불쌍한 어르신들이 되어 있기 마련입니다.

세상에 원래부터 늙은 사람이 어디 있습니까?
어르신들도 한때는 우리 같이 젊었다는 사실을 잊지 맙시다.
그 말은 우리도 언젠간 그렇게 늙게 된다는 말입니다.

다음번에 걸을 때는
걷는 것이 행복이라는 말을 기억하고,
그 행복을 온 몸과 마음으로 느끼면서 걸어 보세요.

3. 행복은 과거에 있었다

행복이 미래에 있을 거라고 생각했었다.

그러나 행복은 과거에 있었던 것이었다.

잡히지도 않을 현재와 미래를 잡겠다고
당신의 소중한 과거를 놓치지 마세요.

4. 운이 좋지 아니한가

당신에게
이 책을 볼 수 있는 눈이 있다는 것,
그리고 당신이 글을 읽고 이해할 수 있다는 것,

당신에게
책 페이지를 넘길 수 있는 손이 있다는 것,
걸어 다닐 수 있는 두 다리가 있다는 것,

당신에게
먹을 음식와 마실 물이 있다는 것,
그리고 당신이 살아 숨 쉬고 있다는 것.

다른 사람들도 다 그러니까 당연한 것이 아니라
당신이 정말 운이 좋은 것입니다.

남들이 가진 것을 갖지 못하면
당신은 운이 나쁜 거고,
당신이 가진 것을 남들도 똑같이 갖고 있으면
당신은 운이 좋은 게 아닌 건가요?

꼭 남들이 갖지 못한 것을 가져야
운이 좋다고 할 수 있는 것도 아니고,
남들이 가진 것을 못 가졌다고 해서
운이 나쁜 것도 아닙니다.

5. 어느새

어느새 모든 것이 지금과는
다른 모습으로 변해져 있을 것입니다.

어느새 자기도 모르게 당신도
다른 사람이 되어 있을 것입니다.

어느새 당신이 갖고 있는 많은 것이
더 이상은 당신에게 없을 것입니다.

지금 당신에게 있는 젊음, 건강, 부, 가족, 친구,

그리고 여러가지 물건들 등 그 모든 것이 다
어느새 사라질 수 있다는 걸 기억하세요.

갑자기는 아니지만 어느새.

10분 은 느리다.
10년 은 빠르다.

6. 후회하게 된다는 건 나도 알아, 근데

우리는 뭔가를 잃기 전까지는
그 소중함을 깨닫지 못하거나,
소중하다고 알고 있더라도
소중하게 대하지 않고,
그 소중한 것을 잃고 나서야
후회하는 경향이 있다.

사람, 물건, 시간, 기회
다 마찬가지다.

나중에 후회할 거라고 알면서도 왜
후회할 짓은 하고,
지금 안 하면 나중에 후회할 거라고 알면서도 왜
그 행동은 지금부터 하지 않는 걸까?

그 이유는
우리가 미래 또는 현재에 대해서 후회하지 않고,
오직 과거에 대해서만 후회하기 때문이지 않을까?

나중에 후회하게 된다는 걸 잘 알지만
지금은 아직 "나중에"가 아니라고 생각하기 때문에,
지금은 아직 과거가 되지 않았다고 생각하기 때문에
괜찮다고 생각해서
후회할 짓은 계속 하고,
해야 할 일은 계속 미루는 것이 아닐까?

7. 인생을 두 번 다시 살고 있는 것처럼

당신은 인생을 한 번 살아봤고,
이번이 당신의 두 번째 인생이라면
당신은 이번에 어떻게 살겠습니까?

첫 번째 인생을 마친 후,
후회가 많았던 당신에게
신이 다시 한 번의 기회를 준 거라면
그 기회를 어떻게 활용하겠습니까?

당신은 소중한 모든 것을 잃어 봤고,
당신의 인생은 끝이 났었지만,
당신은 그 모든 것을 잃기 전으로,
즉 당신의 과거로 다시 돌아온 거라면
하루하루를 어떻게 보내겠습니까?

한번 뿐인 인생이라고 생각하지 마세요.
지금이 두 번째 인생이라고 생각해 보세요.

하나뿐인 기회라고 생각하지 마세요.
놓쳐 버린 기회가 다시 한 번 주어진 거라고 생각해 보세요.

오늘이 마지막 날인 것처럼 살지 마세요.
인생을 두 번 다시 살고 있는 것처럼 살아 보세요.

8. 진짜일지도 몰라

가끔가다가
어떤 상황이 당신에게
예전에 그 차리, 그 시간에
똑같은 상황에 있었던 것처럼 느껴질 때가 있지 않습니까?

심지어는
옆에 있는 사람들이
어떤 순서대로 무슨 말을 할지,
누가 어떤 행동을 보일지도
당신은 미리 알고 있었던 경험이 있지 않습니까?

소름끼치는 그런 경험을
우리는 어떻게 하게 되는 걸까요?

꿈에서 똑같은 상황이 있었기 때문일까요?
아니면 육감 때문일까요?

그런 경험에 대한 사람들의 설명은 다양하지만
저의 설명은 다음과 같습니다.

당신은 지금 인생을 두 번 다시 살고 있지만
그 사실조차도 기억하지 못하고 있다.

단 가끔씩 그렇게
첫 번째 인생이 짧게 기억나서
그런 경험을 하게 되는 것이다.

9. 많이 보고 싶었어

가족, 연인, 친구 등 당신의 사랑하는 사람들이
언젠간 당신 곁을 떠난다는 건 사실입니다.

그 사람들이 당신 곁을 떠나면
당신은 그들을 얼마나 많이 보고 싶겠어요?

인생을 한 번 살아봤고,
사랑하는 사람들을 잃어서
그들을 그리워했었지만,
지금 당신은 그들이
당신 곁을 떠나기 전으로,
즉 과거에 와 있다고 생각해 보세요.

그렇게 하면 당신은 사랑하는
사람들이 옆에 있을 때 더 많이
사랑할 수 있게 될 것입니다.

10. 또 만나서 반가워

누군가를 처음 만날 때
오랜 친구나 예전에 알고 지냈던 사람을
또 만난다고 생각해서 반가워해 보세요.

지금은 당신의 두 번째 인생이고,
당신은 첫 번째 인생에서도 그 사람을 만났었고,
그 사람과 정말 좋은 인연이 되었을지도 모릅니다.

11. 과거를 느껴라

주변을 한번 둘러보세요.

당신은 지금 과거를 관찰하고 있는 겁니다.

사람들을 바라보세요.

당신은 그 사람들의 과거의 모습을 보고 있는 겁니다.

과거를 구경하고,

과거를 느껴보세요.

과거를 느낄 수 있게 된다는 건

시간 여행을 하는 것과 마찬가지입니다.

과거를 느낄 수 있게 되는 순간부터

세상은 더 신기하고,

더 행복한 곳이 됩니다.

지금이 과거다

CAN
YOU
feel
YOUR
PAST
RIGHT
NOW
?

그때의 당신이
지금의 당신에게
하고 싶었던 말은
당신 안에 있습니다.
당신 안의 소리에
귀를 기울여 보세요.

:
:

3장

그렇다면

1. 당신에게 하고 싶었던 말

이번이 당신의 두 번째 인생이라면
첫 번째 인생을 마친 후에 그때의 당신은

무엇을 제일 많이 후회했을까요?
어떤 미련이 남아 있었을까요?

인생을 다시 한번 살 수만 있었다면
어떻게 살고 싶었을까요?

인생을 다시 한번 살게 된다는 걸 알고
얼마나 많이 기뻐했을까요?

그리고 과거의 자신에게,

즉 지금의 당신에게
뭐라고 말하고 싶었을까요?

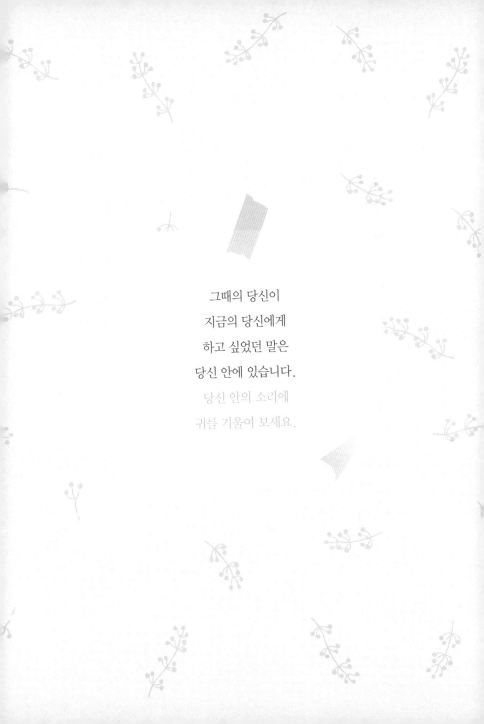

그때의 당신이
지금의 당신에게
하고 싶었던 말은
당신 안에 있습니다.
당신 안의 소리에
귀를 기울여 보세요.

2. 당신은 과거를 바꿀 수 있다

당신은 과거를 바꿀 수 있습니다.
왜냐하면 지금 당신은
돌아가고 싶었던 과거에 서 있기 때문입니다.

당신의 과거를 반복하지 마세요.
당신의 과거를 바꿔 보세요.

당신에게 과거를
바꿀 수 있는 능력이 있습니다.

그리고 가장 중요한 것은
당신에게 과거를 바꿔야만 하는 이유가
분명 있을 것입니다.

지금이 과거다

3. 과거를 바꿔야만 하는 이유

이 세상에는

당신을 위해 인생을 바치는 사람들이 있습니다.

아무 조건도 없이 당신을 사랑하는 사람들이 있습니다.

당신을 믿고 당신을 응원하는 사람들이 있습니다.

당신을 바라보고 당신을 존경하는 사람들이 있습니다.

당신의 도움이 필요하고 당신을 기다리는 사람들이 있습니다.

당신은 그 사람들을 생각해서 과거를 바꿔야만 합니다.

그리고 한가지 더, 또 다른 당신이 있었습니다.

인생을 마친 후에 후회가 많았던 당신.

과거를 바꾸고 싶었던 당신.

어떻게 보면 당신의 불쌍하고 안쓰러운 버전이 있었습니다.

당신은 그 사람을 생각해서라도 과거를 바꿔야만 합니다.

4. 국제전화 한 통

수업 중에 국제전화가 왔다. 우리 아빠였다.

평소에는 항상 엄마가 전화를 했었는데 아빠는

무슨 일로 전화했지 싶었다.

할아버지께서 돌아가셨다는 소식을 전하려고

아빠가 직접 전화한 것이었다.

나는 어렸을 때 할아버지 댁에서 자랐고,

할아버지께서는 나를 무척이나 사랑하셨다.

할아버지께서는 돌아가시기 전에 나의 얼굴을

한 번이라도 더 보고 싶었을 게 분명하다.

그러나 나는 할아버지께서 돌아가시기 전에도,

할아버지 장례식에도 가지 못했다.

비행기표를 살 경제적인 여유가 없었기 때문이었다.

할아버지께 나의 성공한 모습을 보여주지 못 했고,

비행기표 살 돈이 없어서 작별 인사조차

하지 못한 게 싫었다.

우리 할머니, 그리고 부모님께서 세상을 떠날 때도
지금의 모습으로 그들을 보내고 싶지 않다.
그래서 나는 꼭 성공해야만 하고, 과거를 바꿔야만 한다.

할아버지께서는 내가 방학 때 집에 가 있다가
방학이 끝나고 다시 한국으로 돌아올 때마다
나의 한쪽 뺨에다가 뽀뽀를 한 번만 해 주셨다.
돌아오면 나머지 한쪽 뺨에 뽀뽀를 해 줄 테니
잘 갔다오라는 뜻이었다.

그러나 할아버지께서는
그 해에만 다른 해와는 다르게
나의 양쪽 뺨에다가 뽀뽀를 두 번씩이나 하고
나를 보내줬다는 걸 나중에 기억하고
할아버지께서는 이미 알고 계셨다는 걸 알았다.

5. 당신의 새로운 과거를 기대해라

지금부터 당신은
새로운 과거를 만들어 갈 겁니다.

당신이 맛볼 수 있는
최고의 삶이 당신을 기다리고 있습니다.

당신의 삶이 어떻게 변할 것인지,
당신이 어떤 기분일 것인지를
상상하고 느껴 보세요.

당신한테는 상상하고 느낄 수 있는 모든 것을
당신의 현실로 만들 능력이 있습니다.

지금이 과거다

용감하게
꿈꾸세요

6. 산딸기 같은 꿈

산딸기는 잎 아래에 숨어 있어서
서 있는 사람한테는 잘 보이지 않습니다.

그래서 산딸기를 찾기 위해서는
땅과 최대한 많이 가까워져야 하지요.

꿈도
우리가 인생 앞에서 넘어지고,
밑바닥까지 떨어져서
더 이상 잃을 게 없게 됐을 때 찾게 되는
산딸기 같은 꿈이 있습니다.

혹시 당신은
그런 산딸기 같은 꿈을 찾았나요?

만약 그렇다면
그 꿈을 포기하지 마세요.

산딸기는 따먹기도 어렵고
몸집도 작지만,
다른 사람 손으로 만들어지고,
매장에서 쉽게 구할 수 있는
다른 딸기들보다는 훨씬 더 맛있으니까요.

7. 자유를 꿈꾸며

모든 사람들이 자유를 꿈꾼다.

그리고 대부분 사람들은

그 자유를 얻기 위해서

스스로 노예의 길을 선택한다.

그러나 결국
노예가 됨으로써
자유를 얻을 순
없다.

8. 착각 1

그 일이 좋아서가 아니라
단순히 월급을 받기 위해서
하기 싫은 일을 하고 있는 사람들은
그 곳에서 돈을 벌고 있고,
돈을 벌기 위해서 그 일을 하고 있다고
착각하기가 쉽다.

그러나 그 사람들은 돈을 벌고 있는 게 아니라,
자신의 소중한 시간을,
다른 말로 자신의 인생을 팔고 있는 것뿐이다.

그것도 실제 가치보다
몇 배나 적은 돈을 지불 받으면서
그 어떤 돈으로도 되돌려 살 수 없는
자신의 소중한 인생을 팔고 있을 가능성이 높다.

지금이 과거다

돈을 버는 것과
시간 및 인생을
파는 것은 다르다.

9. 착각 2

사람들은 되게
하고 싶고 좋아하는 일에 도전하며,
자신의 꿈을 좇아 가는 길은
리스크도 크고 위험하다고 생각하면서

재미도 없고 하기 싫은 일을 하면서
사람들이 만들어 놓은 방식대로
싫어도 참고 살아가는 길은
안전하다고 믿는다.

하지만 그것은 아주 위험한 착각이고,
안전하다고 믿고 가는 그 길이
오히려 가장 위험한 길일 수도 있다.

꿈을 좇아
좋아하는 일에 도전하는 대신에
어쩔 수 없는 듯이 하기 싫은 일을 택하는 이유는
아마도 실패에 대한 두려움일 것이다.

그러나 오히려 하기 싫은 일에 실패할 가능성이
꿈을 좇다가 실패할 가능성보다 더 높다는 걸 모른다.

하기 싫은 일에도 실패할 수 있으니
처음부터 하고 싶은 일에 도전해 보는 게

훨씬 더 낫고,
멋있는 도전이 되지 않겠는가?

10. 당신이 해야 하는 일

당신은 굳이 하기 싫은 일을 하지 않아도,
굳이 자신의 인생을 팔지 않아도
충분히 돈을 벌 수 있는 사람입니다.

당신은 특별하기 때문에
당신이 이 세상에서
꼭 해야 할 일이 분명 있을 겁니다.

당신은 무엇에 열정을 느끼는가요?

너무 하고 싶어서
생각만 해도 심장이 뛰는 일이 있다면
그 일에 거절하지 마세요.
당신 안에 있는 목소리를 따라보세요.

지금이 과거다

당신이 지금 하고
있는 일이
당신이 해야 하는 일
맞나요?

11. 거울아 거울아 넌 누구니?

인정하세요,
당신이 남들과 다르다는 것을.

허락하세요,
당신이 진정 당신이 되는 것을.

당신이 진정 당신이 아닌
낯선 사람이 되지 마세요.

어느날

거울 앞에 섰을 때

거울 속에 **당신이 아닌**

낯선 사람이 서 있으면

얼마나 많이 놀랍겠어요?

12. 대한민국 대학생들이여

나는 우리 학교 학생들이 시험 기간에
시험 공부를 하는 모습을 보고 놀란다.

그 많은 노력과
그 무서운 집중력을
자신의 진정 하고 싶은 일에,
즉 자신의 꿈을 이루는 데에 쓴다면
그 어떤 꿈도 이루어 낼 수 있겠다는 생각이 든다.

대한민국 대학생들이여,
여러분은 특별하고 대단합니다.

노예가 될 수 있는 조건을
갖추기 위해서 학교를 다니지 말고

그 대신에 돈을 벌기 위해서 필요한 조건을
갖추기 위해서 공부하세요.

그리고 취직 따위 때문에 고민하지 말고
하고 싶고 좋아하는 일을 찾아서
그 일을 하면서 어떻게 돈도 잘 벌고
자유롭게 살 수 있을지를 고민해 보세요.

왜냐하면 그게 충분히 가능하니까요.

13. 진짜로 돈을 벌 수 있는 건 따로 있다

월급이란
정기적인 문제를 해결해 주는
단기적인 수단일 뿐입니다.

월급이 당신에게
경제적인 자유를 줄 거라고 믿고,
월급쟁이의 길을 선택해서는 안됩니다.

당신이 열정을 느끼는 일이 아니라,
오히려 하기 싫은 일이라면 더더욱 그렇습니다.

반면에
진짜로 돈을 벌 수 있는 건 따로 있습니다.
그것은 바로 당신의 꿈입니다.

당신의 꿈이 당신에게 큰 보상을 가져다줄 것이고,
당신을 경제적인 자유로 인도해 줄 겁니다.

꿈을 이룬 다음에 당신은
하고 싶은 건 뭐든지 할 수 있고,
가고 싶은 곳은 어디든지 갈 수 있고,
사고 싶은 건 얼마든지 살 수 있게 될 것입니다.

14. 인간과 동물의 차이

애완 동물이라든지 동물원에 사는 동물의 경우 이외에
동물들은 같은 종류끼리 살아가는 방식이 거의 똑같고,
되게 비슷하게만 산다.

하지만 인간은 그렇지 않다.
우리는 태어날 때부터 그 어떤 종류에도 속하지 않는다.

직장인이라든지, 노동자로 태어나는
사람은 없다는 말이다.

동물들과 다르게 우리에게는 선택권이 주어진다.

우리는
원하는 대로 될 수 있고
원하는 삶을 살 수 있는
특권을 가지고 태어났다.

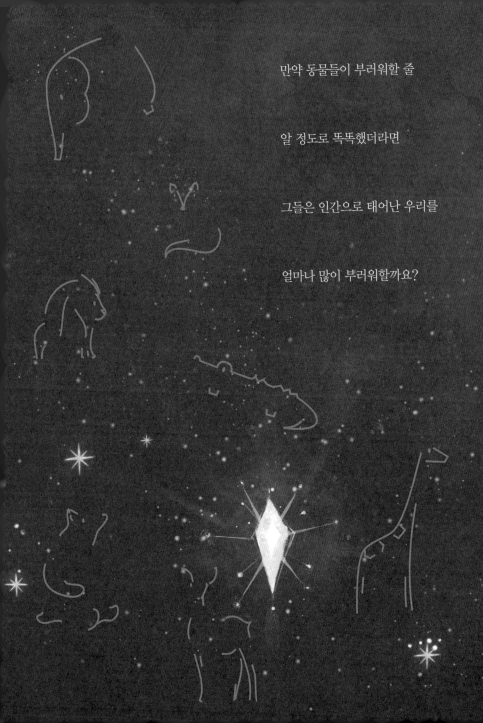

만약 동물들이 부러워할 줄

알 정도로 똑똑했더라면

그들은 인간으로 태어난 우리를

얼마나 많이 부러워할까요?

15. 당신이 원하는 것을 원하라

가끔은
다른 사람들이 나한테
내가 뭘 원해야 하는지까지
강요하려 드는 것 같은 기분이 든다.

당신이 뭘 원해야 하는지도
다른 사람들이 정해줘야 하나요?

당신은 뭔가를 원할 때도
다른 사람한테 허락을 받아야 하나요?

당신은 꼭
남들이 원하는 것을 똑같이 원해야만 하나요?

당신이 하고 싶은

일을 하고,

당신이 가고 싶은

길을 가고,

당신이 원하는 것을

원하세요.

16. 당신이 원하는 행복을 추구하라

누군가 당신에게 조언을 해 준다면
그것은 정말 감사해야 할 일이죠.

조언을 해 주는 사람들은 대부분
당신이 잘돼서 행복하기를 바라는 거니까요.

그리고 당신은 정말 그 사람이 바라는 대로
잘돼서 그 사람이 바라는 대로 행복할 수도 있습니다.

그러나 행복도 여러가지 행복이 있어서
그 행복은 당신이 원하는 행복이 아닐 수도 있습니다.

그렇기 때문에 다른 사람에게 조언을 들을 때는
그 사람이 당신에게 바라는 행복과
당신이 진정 원하는 행복이
일치하는지를 생각해 볼 필요가 있습니다.

당신이

진정 원하는

행복을

추구하기를

17. 익숙해지지 마라

힘들어도 참고,
불행에 익숙해져 버리면
인내심을 키우고,
불행을 덜 느끼게 될 수도 있겠지만
결코 행복할 순 없다.

당신은 인생을 즐기면서
행복하게 살기 위해서 태어났다.

이 말이 좀 이기적으로 들린다면
다른 말로 이렇게 할 수도 있다.

당신은 몸과 정신적으로 고통을 받으면서
고생스럽게 살기 위해서 태어나지는 않았다.

견뎌 내세요.   참지 마세요.   이겨 내세요.   익숙해지지
마세요.

18. 남들은 남지 않는다

'나'의 의견은 무시해 버리고
남의 의견만 따르거나
남들에게 인정받기 위해서
남아 있는 인생을
낭비하지 마세요.

남들은 당신 곁에

남지 않을 것입니다.

19. 과거의 현실

당신의 꿈,
너무 비현실적인가요?

당신의 현실을 봤을때 당신은
그 꿈을 절대 이루지 못할 것 같은가요?

당신 눈 앞에 보이는 지금의 현실이
당신의 과거의 현실이라는 것을 기억하세요.

현실적으로 생각해 보라면서
되게 설득력 있게 말하는 사람들이 있습니다.

그러나 현실적으로 생각하는 것과
부정적으로 생각하는 것은 다릅니다.

다른 사람들과
스스로의 부정적인 생각이
당신의 과거의 현실을
당신의 평생 현실로
되게 만드는 것을 허락하지 마세요.

지금부터 당신의 새로운 현실을 만들어 보세요.
당신은 얼마든지 새로운 현실을 만들 수 있습니다.

20. 당신의 꿈, 불가능할 수도 있다

불가능은 없다고
당신에게 희망을 주고 싶지만,
불가능은 없지 않습니다.

사실은 정말 많은 것이 불가능합니다.

아쉽게도 당신이 이루고 싶은 그 꿈도
불가능한 꿈일 가능성이 아주 높습니다.

그러나 기억하세요,

많은 것이 과거에는
불가능했지만
나중에 가능케
되었다는 것을.

21. 과거에는 늦을 수가 없다

혹시
꿈을 꾸고,
꿈을 좇고,
꿈을 이뤄서
새로운 현실을 만들기에
늦은 것 같다는 기분이 드는가요?

당신이 늦었거나 늦지 않았다는 것을
결정하는 것은 당신의 나이가 아닙니다.

죽지 않은 이상
당신은 늦지 않았습니다.

과거에는

늦을 수가 없고,

당신은

앞서 갈 수만 있다.

22. 과거에는 부족할 수 있다

당신은 꿈을 이루고 성공하기에 약점도 많고
많이 부족한 것 같은가요?

지금 당신의 약점들은
당신의 과거의 약점일 뿐입니다.

그리고 지금 당신이 부족하다는 말은
당신이 과거에 부족했다는 말일 뿐이지
당신이 꿈을 이루고 성공한 삶을 살기에
평생 부족할 거라는 말은 절대 아닙니다.

사실은 지금도
당신이 부족한 게 아니라
아직은 자신감만 조금
부족한 것뿐일지도 모릅니다.

지금이 과거다

기죽지 말고
다 죽이세요.

23. 특별한 뭔가

남들은 당신을
무시하고,
외면하고,
당신의 꿈을 믿어 주지 않을 수도 있습니다.

그렇다고 해서 당신은
자기 자신을
무시하고,
외면하고,
자신의 꿈을 믿지 않으면 안됩니다.

자기 자신의 가능성을 외면하지 마세요.

당 신 에 게 는
정말 정말 특별한
뭔가가 있습니다

24. 당신은 과연 그 꿈을 이룰 수 있을까?

당신의 꿈은 결국
당신이 이루어 낼 만한 꿈입니다.

우리는 절대 이루지 못할 꿈은
애초부터 꾸지도 않습니다.

어느 정도 자신감이 있기 때문에
꿈이 생기는 겁니다.

꿈이 처음 생겼을 때부터 당신은 이미
그 꿈을 이룰 수 있다는 것을
무의식적으로 알고 있었다는 말입니다.

꿈은 이룰 수
있으니까
꾸는 것이다

25. 과거에 한 선택

할 수 없다고 믿고
당신의 인생을 낭비하고 싶은가요?
아니면 할 수 있다는 자신감을 가지고
꿈같은 멋진 인생을 살아보고 싶은가요?

나도 한때 꿈이 있었지 하면서
한숨을 쉬고 싶은가요?
아니면 행복하게 웃으면서
해냈다고 외치고 싶은가요?

옛날이 좋았지 하면서 후회하는
가난한 사람으로 살고 싶은가요?
아니면 돈이 좋더라 하면서 웃는
부자로 살고 싶은가요?
선택하세요.

나쁜 선택은
좋은 운명도 망가뜨릴 수 있지만,
좋은 선택은
그 어떤 운명도 좋게 바꿀 수 있습니다.

당신이 오늘 한 선택은
당신이 과거에 한 선택이고,
당신이 과거에 한 선택이
당신의 인생을 바꿉니다.

가짜 희망과
끝이 없는
기다림 속에
살지 말자.

. . .

4장

그러나

1. 가짜 바쁨

일 하느라 바쁜 월급쟁이들은
돈 벌 시간이 없다.

외우느라 바쁜 학생들은
배울 시간이 없다.

사진 찍느라 바쁜 관광객들은
여행을 즐길 시간이 없다.

가짜 바쁨은

가짜 만족감을

느끼게 해서

진짜 만족한

삶을 사는 데에

진짜 큰 방해물이

될 수 있다.

2. 가짜 희망

사람들은 TV, 스마트폰, 광고 디스플레이 등의
화면들에게 중독되어 있다고 생각했다.

사람 눈이 화면 빛에
중독되기 쉽기 때문에 그런가 싶었다.
그러나 내 생각은 틀렸다.

사람들은 화면 자체에 중독된 게 아니라
그 화면 속에 있는 희망에
중독되어 있는 것이었다.

그 희망은 가짜 희망이었다.

가짜 희망과
끝이 없는
기다림 속에
살지 말자

3. 어디 가?

걷거나 뛰거나,
자동차나 자전거를 타고
어딘가로 가고 있을 때 말고,
그냥 움직이지 않고 가만히 앉아있거나
누워 있을 때 자기 자신에게 한번 물어보세요,
"어디 가?"라고.

지금 당신이 올바른 방향으로 가고 있는 건지,
계속 이대로 살아도 괜찮은 건지를
한번 생각해 보세요.

가고 싶은 곳을 향해 가지 않으면
당신은 원하지 않은 곳에 도착할 수밖에 없고,
자신의 꿈을 좇아 가지 않으면
당신의 꿈은 오래 기다려 주지 않을 것입니다.

움직이지 않아도 당신은

늘 어딘가로

가고 있다.

어디로 가고 있는가?

4. 의심은 담배를 비운다

의심은 담배를 비웁니다.
가능 앞에 불을 붙이니까요.

당신은 얼마든지 꿈을 이룰 수 있는 사람입니다.
그러나 그렇게 믿지 않고
자신의 가능성을 의심하게 되면
최선은커녕
꿈을 이루기 위해 기분적으로 필요한
필수적인 노력까지 하지 않게 됩니다.

그리고 노력을 하지 않으면
아무리 가능한 꿈도
불가능케 될 수밖에 없겠지요.

꿈이 생겼고,

꿈을 좇기로 했다면

이제 그 꿈을 믿어 주세요.

5. 위로를 먹을 수 없다

자기 자신을 불쌍하게 여기지 마세요.
당신은 스스로 생각하는 것보다
훨씬 더 강하고 위대한 사람입니다.

자기 자신을 불쌍하게 여기고,
위로를 찾아 헤매는 데에
대부분의 시간을 쓴다면
위로는 많이 받을 수 있겠지만
배고픈 삶을 살게 될 것입니다.

위로를 먹을 수 없으니까요.

돈과 부는

불쌍한 사람에게 찾아오지 않고

꿈이 있고 능력 있는 사람에게만 찾아옵니다.

도움과 기회도

불쌍한 사람에게 찾아오지 않고,

받을 만한 사람에게만 찾아옵니다.

6. 사랑도 이기는 것이 있다

당장 맛볼 수 있는 순간적인 즐거움이
당신의 인생을 망치게 하지 마세요.

당장 기쁨을 누리고
당장 고통을 피하는 게
습관이 돼 버리면

평생 기쁨을 누리지 못하고
평생 고통을 피하지 못하게 됩니다.

습관은
중독의 엄마이고,

중독은
사랑도 이길 수 있다.

7. 신호를 무시하지 마라

가난한 사람들은 돈의 희생자가 아닌
무시의 희생자일 수도 있습니다.

아픈 사람들은 병의 희생자가 아닌
무시의 희생자일 수도 있습니다.

당신의 인생은
당신이 책임져야 하고,
책임지기 위해서는
신호에 응답할 줄 알아야 합니다.

신호를 무시하는 것은
무책임한 행동입니다.

신호를 무시하면
결국
무시당하는 삶을
살게 된다.

8. 대부분 사람들

사람들은
누구나 다 꿈이 있고,
누구나 다 성공하고 싶고,
누구나 다 부자가 되고 싶어 한다.
하지만 아무나 꿈을 이루지는 못한다.

안타깝게도 슬프긴 하지만,

대부분 사람들은
꿈을 이루어 보지 못한 채 세상을 떠나게 된다.

대부분 사람들은
성공하지 못한 채 세상을 떠나게 된다.

대부분 사람들은
가난한 채 세상을 떠나게 된다.

당신은 지금

그 대부분 사람들 중 한 명이 되기 위해서

학교를 다니고, 일을 하고,

노력하고, 고민하고,

고생하고, 시간을 쓰고,

하루하루를 보내고 있는 건 아닌지

의심해 볼 필요가 있습니다.

빚을
두려워하지 마세요.
후회를
두려워하세요.

:
:

5장

그래서

1. 시작하기에 가장 좋은 시기

외국어를 잘하고 싶은 사람은
외국어 공부를 몇 년 전부터 시작했으면 하고,

몸무게가 걱정인 사람은
운동을 몇 년 전부터 시작했으면 하고,

작가가 꿈인 사람은
책 쓰기를 몇 년 전부터 시작했으면 하니까

뭔가를 시작하기에 가장 좋은 시기는
과거인 건 틀림 없다.

지금이 과거다

그러나 대부분 사람들은
예전에 시작했으면 하는 것을 오늘도 미룬다.

그렇게 하루하루를 미루다 보면 어느새
인생의 대부분 시간이 지나갔다는 것을 깨닫게 된다.

그리고 모든 것이 과거가 된 다음에
'그때 시작했으면' 하면서 또다시 후회한다.

시작하기에 가장 좋은 시기는 과거이고,
지금이 과거라는 사실을 잊지 마세요.

2. 젊어서 타이밍은 돈을 빌려서도

하고 싶은 게 분명하고,
지금 하고 싶다면 망설이지 마세요.

타이밍은 한 번 놓쳐 버리면
영원히 되찾을 수 없으니까요.

지금이 과거라는 걸 잊지 마세요.
과거는 최고의 타이밍이고,
과거로 다시 돌아올 순 없습니다.

사람은 돈이 없을 순 있지만
돈이 없다는 핑계로 타이밍을 놓쳐서는 안됩니다.

지금 하고 싶은 것을 지금, 하고 싶을 때 하는 것과
몇년 후에 하는 것은 완전 다르기 때문에
젊어서 타이밍은 돈을 빌려서도 잡는 겁니다.

지금이 과거다

빛을

두려워하지 마세요.

후회를

두려워하세요.

3. 기다리면 놓치게 되는 것들

기회를 기다리지 마세요.
기회는 당신을 기다려 주지 않습니다.

타이밍을 기다리지 마세요.
타이밍은 당신을 기다려 주지 않습니다.

사람을 기다리지 마세요.
사람들은 당신을 기다려 주지 않습니다.

당신이 기다리는 것들은
항상 당신을 기다려 주지는 않을 것입니다.

그러나 꼭 기다려야만 할 때는
기다리는 동안에 그 시간을 효율적이고,
의미있게 보낼 방법을 찾아보세요.

4. 과거를 디자인하라

꿈을 이루고 성공하려면
당신에게 어떤 과거가 필요할까요?

꿈을 이루고 성공하려면
당신의 하루하루가 어떤 하루이어야 할까요?

꿈을 이루고 성공할 수 있는 사람이 되려면
당신의 몸과 뇌에는 어떤 기억들이 필요할까요?

꿈에 맞게 당신의 과거를 디자인하고
그 과거에 맞게 당신의 하루하루를 보내 보세요.

그러다 보면 어느새 당신한테는
꿈을 이루고 성공하기에
충분한 과거가 만들어져 있을 겁니다.

5. 당신의 꿈은 눈이 높은가?

이루고 싶은 꿈이 생겼다면
당신은 그 꿈의 눈높이에 맞게 변해야 합니다.

당신의 하루하루를 변화시켜 보세요.
하루를 바꾸는 건 생각과 행동입니다.

그리고 환경 또한 바꿔 보세요.
환경에 따라 생각과 행동도 변합니다.

꿈을 이루고 성공하기 위해서
당신은 과거에 어떻게 변해야 할까요?

눈이 낮은 꿈은

이루어 봤자

거기서 거기지만,

이루어 볼 만한

모든 꿈은 눈이 높다.

6. 과거에서 빼기하라

과거를 바꾸기 위해서는
과거에 더하기를 하는 것도 중요하지만,
과거에서 빼기를 하는 것도 중요하다.

버릴 건 버려야 하고,
끊을 건 끊어야 한다.

과거에 남겨두고 가야 할 건
과거에 남겨두고 가야 한다.

과거에서 필요없는 부분들을 빼야
당신에게 꼭 필요한 새로운 과거를 만들 수 있다.

자연처럼 말이다.
자연은 필요한 건 남기고,
필요 없는 건 지워 버린다.

약간 슬프기도 하지만 사람도 마찬가지다.
가족들은 끝까지 사랑하고 챙겨야 하지만
친구들은 결국 가족이 될 수는 없다.

물론 당신의 친구들이 당신을 버린다는 말도,
그래서 당신이 먼저 친구들을 버리라는 말도 아니지만
어떤 친구들은 당신이 떠나지 않더라도
먼저 당신을 떠나게 되어 있다.

7. 당신은 개가 아니다

개들은 땀을 흘리나요?

개들이 땀을 흘리는지
안 흘리는지는 잘 몰라도
개들이 잘 하는 행동 중 하나가
침을 흘리는 것이라는 건 우리가 잘 안다.

사람은 개가 아니다.

성공한 사람들을 보고 침만 흘리지 말고
땀도 흘려야 나 자신도 성공할 수 있다.

당신은 침을

흘리기만 하는 사람이 아니라

남의 침을

고이게 하는 사람이 될 수 있다

8. 시간은 저장이 안 돼

젊을 때 원하는 만큼 시간을 저장해 두었다가
나중에 나이 든 후에
다시 젊었을 때로 돌아가서
저장해 둔 시간만큼을 살 수 있다면
얼마나 좋을까?

만약 그럴 수 있다면 사람들은
우울하고, 슬프고, 심심하고,
기운이 없고, 피곤하고, 짜증이 나는 등
효율적이지 못하고,
오히려 고통스럽거나
그냥 낭비되는 모든 시간을 저장해 두고 싶었을 것 같다.

그러나 말하지 않아도 되는 사실이지만
시간은 저장이 안된다는 것!

그렇다면 이 저장이 안되는 시간을
어떻게 잘 보내야 할까?

어떤 사람들은 꿈을 이루고 성공하고 싶다면
일분 일초도 낭비해서는 안된다고도 하지만
그게 어떻게 가능한 일이겠는가?

효율적이지 못할 때가 있더라도
내 소중한 인생이 낭비되고 있다고,
이래서 나는 꿈을 이루고 성공할 수 없겠다고
걱정하고 스트레스를 받지는 말자.

단, 그렇다고 해서 시간을 낭비하는 일이 내 습관이
되게 하지 말고 한정되어 있으면서 저장이 안되는
이 시간을 가능한 의도적으로 낭비하지는 말자.

9. People Are Just Peopling

사람들을 한 사람 한 사람으로 따로 보면
세상에는 나쁘고, 이기적이고, 악하고,
얄밉고 꼴보기 싫은 사람들이 수없이 많을 것이다.
그러나 사람들을 전체로 보면 알게 된다.
사람들은 나쁘고, 이기적이고, 악한 것도 아니고,
당신을 싫어하거나 미워하는 것도 아니라는 것을.
사람들은 그냥 사람들인 것이고,
사람들은 사람들의 역할을 하고 있는 것 뿐이다.

그래서 사람들을 미워하지도 말고,
사람들 때문에 짜증을 내지도 말자.
사람들한테 많은 것을 기대하지도 말고,
사람들한테 실망하지도 말자.
사람들 때문에 억울해 하지도 말고,
남 탓은 더더욱 하지 말자.

PEOPLE

ARE

just

PEOPLING

10. 당신의 스토리를 깨라

사람들은 자기가 살아온 스토리를
계속 이어 가려고 하고,
그 스토리에 맞게 살려고 한다.

그래서
한 번도 해 본 적이 없는 것은
한 번도 해서는 안되는 것이 되고,
항상 못해 온 것은
앞으로도 항상 못해야지 맞는 것이 된다.

그러나
한 번도 해 본 적이 없는 것도
나중에는 자주 하는 것이 될 수도 있고,
항상 못해 온 것도
나중에는 완전 잘하는 것이 될 수도 있다.

닭신의 스토리를

계속 이어 가려고만 하지 말고,

닭신의 스토리를 깨서

새로운 스토리를 만들어 보세요.

11. 물지 않으니 물어라

누군가에게 뭔가를 물어보거나 부탁하는 것은
그 사람을 가치 있는 사람이라고 생각한다는 것을
표현하는 일입니다.

당신은 질문이나 부탁 하나만으로도
누군가의 하루를 행복하게 해 줄 수도 있고,
당신이 원하는 답을 얻을 수도 있습니다.

원하는 답을 얻을 데까지
물어보는 대상을 바꿔가면서 물어보자.

원하는 답이 계속 안 나오면?
물어보는 방식을 바꿔가면서 물어보자.

지금이 과거다

뭐 물었다고
사람들은 묻지 않아요.
물어보는 것을
두려워하지 말아요.

12. 창피한 경험은 챔피언을 만든다

우리는 안전 지대에서 벗어나와 불편해질 때
삶에 대해서 많은 것을 배울 수 있고,
창피한 경험을 해 볼 때
성장할 수 있다.

우리,
꿈을 이루고 성공하기 위해서
창피한 경험을 두려워하거나 꺼려하지 말자.

남들이 뭐라고 생각할지는 아무 상관없는 것이다.
타인의 시선보다 스스로의 행복을 중시하자.

창피한 경험들은 우리의 과거를
더 재미있고 아름답게 만들어 준다.

아무리 창피한
경험을 당해도
결국 그것도
과거라는 것을
잊지 마세요.

13. 실패하는 데에 성공하라

실패한다는 것은
실패하는 데에 성공한다는 말입니다.
실패는 쇠퇴가 아닌 성장이니까요.

실패는 아무나 할 수 있는 것도 아닙니다.
실패를 맛볼 수 있는 기회는
도전하는 사람한테만 주어집니다.

어느새 꿈을 이루고 성공한 당신은
사진을 보듯이
자신의 실패를
한 장 한 장씩 떠올리게 될 것입니다.

실패는
성공의 과거 사진이다.

14. 100010002 〈 8282

꿈을 이루고 성공하는 데에
속도는 꼭 필요하다.

지금의 현실을 바꾸고 싶다면
평균보다 빨리 움직여야 한다.

실패도 빨리 해 봐야
빨리 배우고,
빨리 성장할 수 있다.

2루고 싶은 꿈이 있을 때는
100010002보다는
8282가 필요하다.

15. 과거에 집중하라

주변을 한번 가만히 지켜보세요.
과거를 지켜보세요.

과거를 지켜보고
과거에 집중해 보세요.

과거에 집중해야
과거에 살 수 있고,
과거에 살아야
과거를 바꿀 수 있습니다.

그리고 과거가 바뀔 때 비로소
당신의 현실이 바뀔 수 있습니다.

지금이 과거다

과거에 집중하면
과거에 있는 기회가 보입니다.

과거에 집중하면
과거에 있는 행복이 보입니다.

과거에 집중하면
과거의 자신과 만날 수 있습니다.

지금이 과거라는 것을
절대로 잊지 마세요.

가끔은
숙여진 고개를
억지로 들어올리려고
애쓰지 마세요.

:
:

6장

그리고

1. 보통 사람

보통 사람들은 뭔가를 시작하면
어느정도 시간이 지나서 그만둡니다.

보통 사람들은 꿈을 좇기 시작해도
어느 정도 시간이 지나서 포기합니다.

그러나
당신은 보통 사람이 아닙니다.

보통이 아닌 사람은 세상이 반대를 해도
자기가 옳다고 생각하는 것은 고집을 부릴 줄 압니다.

보통이 아닌 사람은 성공이 약속되어 있지 않아도
이루어 보고 싶은 꿈을 절대 포기하지 않습니다.

지금이 과거다

당신은 보통 사람이 아닙니다.
보통 사람인 척하지 마세요.

2. 거의

꿈을 좇아 많은 시간을 투자하고
많은 노력을 기울였으니까
이제 조금만 더 노력하고 조금만 더 기다리면
꿈이 곧 이루어질 것만 같을 때가 있다.
하지만 그것은 아직도 많이 멀었을 때일 수도 있다.

반대로,
꿈을 좇아 많은 시간을 투자하고
많은 노력을 기울였지만 더 이상
아무리 많이 노력하고 아무리 많이 기다려도
꿈이 전혀 이루어질 것 같지 않을 때가 있다.
하지만 그것은 거의 다 왔을 때일 수도 있다.

그래서 아직은 포기하지 마세요.
아직은!

기분이 좋고 열정이
불타오를 때

계속 노력하는 것도
중요하지만

기운이 없고
실망스러울 때도

최선을 다하는 태도가
더 중요합니다.

3. 완성주의자가 돼라

완벽하게 잘해야만 한다고 생각하면
오히려 잘하지 못하게 될 수도 있고,
그 결과물이 영원히 안 나올 수도 있다.

완벽주의자는
처음부터 완벽한 결과물이 나오기를 원하지만,
완성 전에 완벽이 나오는 경우는 거의 없다.

일단 완성된 것을 반복적으로 수정하고
여러 번에 걸쳐 업그레이드할 때 비로소
완벽한 것이 만들어질 수 있다.

생각이 복잡하고 피곤한

완벽주의자 보다는

간단하고 심플하게 생각하는

완성주의자 가 되자.

4. 남도 나도

남들과 경쟁해야 하고,
남을 꼭 이겨야만 하고,
남들에게 뭔가를 증명해야 한다는 생각은
당신을 오히려 약한 사람으로 만들 수 있습니다.

자기 자신을 남과 비교하고,
남의 성공을 질투하고,
남들 때문에 슬퍼하는 것은 어리석은 일입니다.

왜냐하면 남도 나도
우린 누구나 다
언젠간 죽기 마련이기 때문입니다.

5. 멀쩡한데 왜 걱정하냐?

당신의 꿈이 이루어질지 안 이루어질지가
확실하지 않아도 걱정하지 마세요.
그 꿈이 어떻게 이루어질지
지금은 아무도 모르는 겁니다.

과거에 무슨 걱정이 있었는지는
나중에 기억조차도 못할 테니까
과거에는 걱정할 필요가 없습니다.

미래에 대해서 후회는 하지 않으면서
미래에 대해서 걱정은 왜 하는 걸까요?

6. 너무 급하면 응급차에

계단을 너무 급하게 오르려고 하면
뒤로 넘어져서 크게 다칠 수도 있고,
잘못되면 응급차에 실릴 수도 있다.

성공으로 가는 길은
계단이라고도 하지 않는가?

꿈이 이루어진다는 것을 믿고,
여유 있고 자신 있게 꿈을 좇자.

지금이 과거다

옆에 너무 급한 사람이 있으면
피곤해지듯이 우리가 너무 급하게 굴면
신도 짜증이 날 수 있지 않을까?

7. 사람은 다 사람이다

당신과
비슷한 생각,
비슷한 성격과
비슷한 외모를 가졌고,
비슷한 삶을 살아가는 이들만이 사람은 아닙니다.

당신과
다른 생각,
다른 성격과
다른 외모를 가졌고,
다른 삶을 살아가는 이들도 마찬가지로 사람입니다.

지금이 과거다

모든 사람을 좋아할 필요도 없고,
모든 사람을 좋아할 수도 없지만,
모든 사람을 사랑할 수는 있습니다.

그렇기 위해서는
사람마다 서로 다르다는 것을 인정하고,
사람들을 바꾸려 하지 말고,
사람들이 진정한 자기 자신이 되는 것을
반대하지만 않으면 됩니다.

그 사람이 당신과 가까운 사람이라고 할지라도
남을 바꾸려고 하지 마세요.

당신이 누군가를 바꾸고 싶을 때
또 누군가는 당신을 바꾸고 싶어합니다.

8. 포기는 항상 쉽지만은 않다

포기하는 것은 세상에서 가장 쉬운 일입니다.
그러나 어떨 때는 포기하는 것이
세상에서 가장 힘든 일이 되기도 하는 것 같습니다.
그것은 사랑을 포기할 때입니다.

당신이 사랑에 빠진 사람도
자기만의 세계가 있기 때문에
당신이 사랑에 빠졌다고 해서
그 사람도 당신을 꼭 사랑해야 하는 것은 아닙니다.

그래서 만약 당신이 사랑에 빠진 사람이 원한다면
당신은 그 사랑을 포기할 수 있어야 합니다.
포기하기가 어렵지만 포기해야만 하는 것을
포기할 수 있게 되었을 때 우린 포기하기가 쉽지만
포기하지 말아야 할 것을 포기하지 않는 사람이 될 수 있습니다.

사랑이 이루어지지 않았나요?

눈물을 닦으세요.

그리고 꿈 을 이루세요.

9. 내가 나인 척

긍정적인 사람도 가끔은
긍정적인 사람인 척할 때가 있다.

강한 사람도 가끔은
강한 사람인 척할 때가 있다.

우리는
내 자신이 나 같지가 않을 때
내가 나인 척을 한다.

가끔은 숙여진 고개를 억지로
들어올리려고 애쓰지 마세요.

10. 미안해하지 않아도 돼

당신이 진정한 당신이었다는 이유로,
당신이 진짜 마음을 숨기지 않았다는 이유로,
당신이 원하는 것을 원했다는 이유로,
당신이 마음이 시키는 대로 시도해 봤다는 이유로,
그 누구에게도 미안해하지 마세요.

그런 당신은 용감하다고 칭찬받아야 할 사람이지
잘못했다고 미안해야 할 사람은 절대 아닙니다.

만약 그런 이유들로
당신한테 죄송스러운 마음을 들게 하고
마치 당신이 잘못을 한 것처럼 말하는 사람들이 있다면
그 사람들의 생각을 바꾸려고 쓸데없이 애쓰지도 말고
미안하다는 어처구니없는 사과는 더더욱 하지 말고
그냥 그 사람들을 과거에서 빼기해 버리세요.

마음 착한 당신이

그 마음을 몰라주는

사람들 때문에

상처받고 눈물을

흘릴 때가 있더라도

그 어떤 경우에도

자부심을 잃지는 마세요.

11. 설명하지 않아도 돼

우리가 살고 있는 사회에는
수많은 어이없는 질문들이 있다.

"너는 왜 그런 꿈을 꾸니?"
"너는 왜 그 꿈을 이룰 수 있을 거라고 생각하니?"
"너는 왜 그런 사람이 되고 싶니?"
"너는 왜 그런 걸 좋아하니?"
"너는 왜 그런 옷을 입니?"
"남들은 그렇게 사는데 너는 왜 그렇게 사니?"
"남들은 다 하는 것을 너는 왜 못하니?"
등이 그 질문들의 예이다.

사람들은 왜 그런 질문들을 할까요?

당신이 궁금해서일까요?

아니면 온갖 안되는 이유들만 제시해서

당신의 자신감을 죽이고 싶어서일까요?

당신의 대답을 듣고 싶어서일까요?

아니면 자기 자랑할 기회를 만들어서

잘난 척하고 싶어 입이 간질간질해서일까요?

그 사람들은 당신이 성공하기를

원하기라도 하는 걸까요?

당신이 성공하더라도 자신보다는

먼저 성공하기를 원할까요?

그런 질문들에게 딱 맞는 대답이 하나 있습니다.

"몰라도 됩니다."

12. 과거의 자신을 사랑하라

힘들고, 외롭고, 아팠던
과거의 자신을 사랑하세요.

오해하지 말고,
이해해 주세요.

원망하지 말고,
용서해 주세요.

깎아내리지 말고,
칭찬해 주세요.

지금 당신이
얼마나 힘들고, 얼마나 외롭고, 얼마나 아픈지
아무도 모릅니다.

자기 자신을

마치 사랑에 빠진 것처럼

사랑하자.

13. 과거라서 다 별거 아니다

과거에 뜻대로 되지 않았던 일은
나중에 돌이켜 보고
오히려 잘된 일이었다는 것을 알게 된다.

과거에 고민하고 걱정했던 문제들은
나중에 돌이켜 보고
다 별거 아니었다는 것을 알게 된다.

지금이 과거다,

지금 다 저장되고 있는 거고,

과거라서 다 복구

아니라는 말이다.

14. 미리 웃기

우리 인생을 너무 진지하게 받아들이지 말자.
욕구와 두려움은 흘려보내고,
집착은 내려 놓고,
긴장은 풀고,
마음은 편안하게 해서
나만의 특별한 과거를 체험해 보자.

재미있고, 웃기고, 행복하고,
신기하고, 신나고, 감동적인 일들로 가득찬
당신만의 아름다운 과거가
당신이 체험하기를 기다리고 있습니다.

아무리 슬프고 힘든

시절도 지나고 나면

웃을 수 있게 되는 거니까

슬프고 힘들 때는 미리

웃어도 되지 않을까요?

지금이 과거니까요.

15. 애들은 알고 있을지도 몰라

어린애들과 함께 있거나
보고만 있어도
저절로 행복해지는 이유는 뭘까요?

어린애들이 보는 사람까지 행복해질 정도로
행복하기 때문이지 않을까요?

어린애들은 사소한 것에도 행복하게 웃고,
하루하루를 즐겁고 신나게 보냅니다.

어린애들은 원하는 것을 원하고,
쉽게 포기하지 않습니다.

어린애들은 진짜 기분을 숨기지 않고,
울고 싶다 싶으면 바로 웁니다.

아마도 애들은 알고 있을지도 모릅니다,

지금이 과거라는 것을

과거라서 다 별거 아니라는 것을

걷는 것이 행복이라는 것을

그리고 이번이 두 번째 인생이라는 것을

16. 감사함을 검사하라

우린 감사함을 잊고 살 때가 많다.

만약 사는 게 귀찮고, 짜증도 나고, 우울하기도 하고,
행복함을 느끼지 못하는 등의 증상들이 보이기 시작하면
당신의 감사함을 검사해 보세요.

이번이 두 번째 인생인 것처럼 감사하세요.
놓쳐 버린 기회가 다시 한 번 주어진 것처럼 감사하세요.
당신 곁을 떠난 사랑하는 사람들을
다시 만난 것처럼 감사하세요.
인생이라는 선물을 두 번 다시
선물 받은 것처럼 감사하세요.

왜 꼭 그렇게 생각해야 하냐고요?
왜냐하면 그게 진짜일지도 모르기 때문입니다.

PART 02

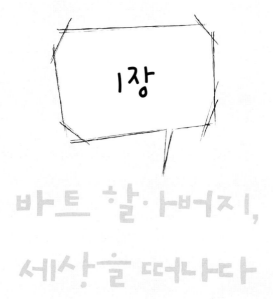

1장

바트 할아버지,
세상을 떠나다

바트라는 이름의 할아버지가 있었다. 그는 인생의 마지막 몇 분을 보내며 침대 위에 누워 있었다. 방 안에는 그의 사랑하는 아내와 자식들, 손자 손녀들, 여동생, 친척들 등 가족들이 모두 모여 있었다. 그를 사랑하고 그가 세상을 떠난 후에 그리워할 사람들이 적지 않다는 사실에 바트 할아버지는 행복했다. 하지만 곧 그들 모두를 떠나게 될 테고, 다시는 볼 수 없게 된다는 생각에 슬퍼졌다.

바트 할아버지의 몸 상태가 좋지 않다는 연락을 받고 급하게 달려온 사람들이 모두 모이자 한 명씩 작별 인사를 하기 시작했다. 바트 할아버지는 그 분위기가 어색했다. 다들 이렇게 나한테 잘 가라고 작별 인사를 하는데 내가 오늘 죽지 않고 며칠을 더 버티게 되면 당황하겠다 하는 웃기는 생각을 하고 있었다. 그를 꼭 닮은 손자 녀석도 똑같은 생각을 하는지 웃음을 억지로 참고 있는 게 보였다.

다른 사람들이 모두 바트 할아버지랑 작별 인사를 한 다음에 마지막으로 그의 아내의 차례가 왔다.

"여보, 당신은 정말 좋은 남편이었고 훌륭한 아빠였어. 평생을 나랑 함께 살아 줘서 고마워. 당신을 사랑해."

바트 할아버지보다 네 살 연하인 아내가 그의 두 손을 꽉 잡고 눈물을 흘리면서 말했다.

그의 아내 이름은 아리나였다. 그 둘은 한국 유학 시절에 처음으로 만났다. 바트 할아버지는 착하고 숫기가 없는 남학생이었다. 아리나는 눈부시게 아름다운데다가 똑똑하고, 독특한 매력을 가진 여학생이었다.

아리나가 그의 사랑을 매번 거절했었지만 바트 할아버지는 결코 포기하지 않았다. 포기하고 마음을 접고 싶을 때가 몇 번 있었지만 도저히 그럴 수가 없었다. 그가 아리나에게 너무 깊게 사랑에 빠져 있었고, 평생을 함께 할 사람이 아리나라고 그는 굳게 믿고 있었기 때문이었다.

"나도 당신을 죽도록 사랑해. 물론 지금은 실제로 죽고 있지만."

바트 할아버지가 농담삼아 말했다. 울고 있던 아내를 마지막으로 한 번이라도 웃게 만들고 싶었던 것이었다. 그리고 힘없는 손을 천천히 움직이며 아내의 눈물을 닦아 주고 아내의 뺨을 부드럽게 쓰다듬었다. 아내는 미소를 지었지만 계속 눈물을 흘리고 있었다.
바트 할아버지가 말을 계속 이었다.

"지금 생각해 보니까 나한테 많은 꿈이 있었지만 그 중에서 현실로 이루어진 단 하나의 꿈이 있다면 그게 바로 당신이었어. 나의 한 가지 꿈이라도 이루어질 수 있게 해 줘서

지금이 과거다

고마워 여보."

그러자 아내가 눈물을 닦고 사랑스러운 눈빛으로 바트 할
아버지를 바라보며 말했다.

"내가 당신의 꿈이었다면 그 꿈을 이루어질 수 있게 한 사
람은 내가 아니라 여보 당신이야. 당신 기억해? 내가 당신이
싫다고 하고, 당신이 써 준 사랑편지를 읽지도 않고 버리고,
당신이 보낸 문자도 무시하고, 학교에서 만날 때마다 본체만
체하고, 귀찮게 하지 말라고도 말했었잖아? 그럼에도 불구하
고 당신은 나를 포기하지 않았어. 그런 당신을 보고 나는 나
를 진심으로 사랑하고 있다는 걸 알 수 있었어. 그 후로도 당
신의 사랑은 변함이 없었어. 평생토록 나만을 진심으로 사랑
하고, 나만 바라봐 주는 당신 같은 좋은 남편을 만나는 게 내
꿈이었어. 그래서 당신이야말로 나의 꿈을 이루어 준 거야."

바트 할아버지는 아내의 그 말을 듣고 감동받았다. 하지만
동시에 슬펐다. 아내에게는 사랑 말고도 꿈이 많았다는 사실

을 그가 잘 알고 있었다. 예를 들면 아리나는 바트 할아버지를 만나기도 전부터 세계 여행을 다니는 게 꿈이었다. 하지만 그 꿈은 이루어지지 않았다. 바트 할아버지는 아내의 꿈을 이루어 줘서 아내와 함께 세계 여행을 다녀 보고 싶었지만 그 꿈을 이루지 못했다.

둘은 대학교 2학년 때부터 사귀기 시작했고 남은 대학 생활을 정말 즐겁고 행복하게 잘 보냈다. 대학교 졸업 후에 대학원까지 같은 학교에 입학해서 둘이서 함께 또 다른 나라로 유학도 갔다. 대학원을 졸업하고 사회에 나간 다음에 결혼도 하고 아이도 낳았다. 그러나 한 가족이 돼서 삶을 굴리기 시작하면서부터 여러가지 어려움에 처하기 시작했다.

첫 번째로 큰 문제는 돈이었다. 두 번째로 큰 문제도 돈이었고, 세 번째로 큰 문제도 역시 돈이었다. 물론 인생에 있어서 돈이 가장 중요한 요소는 아니지만 다른 모든 중요한 것에 영향을 미친다는 건 사실이었다. 둘이 서로 다른 두 회사에 취직을 해서 맞벌이 부부가 되었다. 바트 할아버지는 여러가지 꿈이 있었지만 일단은 취직해서 돈이 좀 모이고, 경제적으로 여유로워진 다음에 아내랑 세계 여행도 다니고, 좇고 싶었던 꿈도 좇아 보고, 하고 싶은 일을 하면서 행복하게 살아야겠다고 생각했다.

처음에는 취직도 어렵지 않게 성공했고 뭔가 성취한 기분이었다. 일자리도 있고, 예쁜 아내와 자식도 있고, 대출을 받아서 아파트도 구매했고, 전액 할부로 신차도 구매했고, 남못지 않게 살고 있는 자신이 뿌듯했었다. 그의 부모님도 좋아하셨었다.

그러나 하는 일이 재미있지가 않아서 세월이 갈수록 삶이 점점 지루해져만 갔다. 돈을 모아서 경제적으로 자유로워지기는커녕 애들이 클수록 월급으로 먹고 살기가 바빠졌다. 세계 여행도 다니고, 하고 싶고 좋아하는 일을 하면서 여유롭고 행복하게 살겠다는 대학 시절의 꿈은 연기처럼 사라졌다. 두 부부는 어제와 다를 게 없는 오늘이 반복되는 하루하루를 보내게 되었다. 나이와 몸무게만 오를 뿐 그 둘에게는 더 이상 성장이란 없었고, 자식들이 자라는 걸 보고 대리만족을 느끼면서 살게 되었다. 각자 자기 부모님처럼 되기 싫었던 둘은 점점 각자의 부모님을 닮아 갔다. 아리나는 점점 여성성을 잃어갔고, 바트 할아버지는 배가 나온 아저씨로 변해 갔다.

대학을 다니면서 연애를 하던 시절에는 여자 친구이자 베스트 프렌드였던 아리나랑 밤새도록 이야기를 나누다가 아침이 되면 둘이서 같이 수업을 들으러 가는 날도 있었지만, 바트 할아버지는 아내보다 술과 더 친하게 지내게 되었다. 부부 싸움을 해서 아내를 울리는 날도 점점 늘었다.

결국 바트 할아버지는 자기 꿈도 이루지 못했을 뿐더러 사랑하는 아내의 꿈도 이루어 주지 못했다. 그가 누워 있었던 그 방, 아내랑 같이 살고 있었던 그 집도 예전에 둘이 꿈꿨던 집과는 영 다른 모습이었다.

"여보, 정말 미안해. 나는 당신을 행복하게 해 주지 못하고 고생만 몽땅 시켜온 것 같아. 당신이 꿈꿨던 예쁜 집에서 행복하게 살고 싶었고, 당신과 함께 세계 여행도 다니고 싶었는데⋯ 내가 조금만 더 노력했다면 충분히 그럴 수도 있었을 텐데⋯"

이번에 바트 할아버지가 눈물을 흘렸다. 그러자 아내가 말했다.

지금이 과거다

"아니야 여보, 나는 행복했어."

"만약에 내가 당신을 포기하지 않고 당신의 사랑을 얻기 위해서 노력했던 것처럼 그렇게 포기하지 않고 최선을 다했다면 나의 다른 꿈들도 이루어 낼 수 있었을까?"

바트 할아버지가 아내에게 물었다. 그러자 아내가 대답했다.

"여보, 지금 그런 생각을 하고 쓸데없는 것에 신경쓰지마. 다 지나간 일이야. 우리한테 이루지 못한 꿈도 많고, 힘들었던 시절도 있었지만 그래도 우리한테는 행복한 시간도 많았어."

그러자 바트 할아버지가 한숨을 쉬면서 말했다.

"그래 당신 말이 맞아. 시간은 다 지나갔고, 이젠 후회해도 너무나 늦었구나."

바트 할아버지는 슬펐다. 꿈을 이루지 못한 것도 후회가 되었지만 그보다 꿈을 좇아 원하는 길로 가지 않았던 것이 더 많이 후회가 되었다.

"내 인생을 다시 한 번 살 수만 있었다면."

바트 할아버지의 마지막 한마디였다.

잠시 후에 바트 할아버지가 눈을 떴다. 이번에는 그가 침대 옆에 일어나 있었고, 그의 눈 앞에는 무섭게도 침대 위에 있는 그의 시체가 보였다. 자기는 이제 더 이상 살아 있는 사람이 아니라는 사실을 그가 금방 눈치챘다.

바트 할아버지는 침대 옆에 울고 있는 아내가 불쌍해 보였다. 다시 한 번만이라도 아내에게 사랑한다고 말하고 싶었다. 하지만 이젠 그럴 수가 없었다. '내 인생이 정말 끝이 났구나' 하는 생각이 들자 바트 할아버지는 울고만 싶었다.

예전에 고등학교를 졸업할 때 마지막 수업 끝을 알리는 종소리가 울리자 다른 친구들은 안 그랬는데 반에서 혼자만 엉엉 울었던 그였다. 하지만 이번에는 울 수조차 없었다. '하긴, 나는 이제 살아 있는 사람이 아니라서 눈물을 흘리면서 울 수 없는 것이 당연하겠다' 라고 그가 생각했다. 바트 할아버지는 눈물을 흘리면서 속 시원하게 우는 것도 하나의 행복이었다는 걸 깨달았다. 바트 할아버지가 무섭기도 하고 놀랍기도 하고 있는 와중에 밖에서 갑자기 눈부신 빛이 내리더니 그의 작은 방 창문으로부터 하늘 높이 향하는 길다란 길이 생겨났다.

바트 할아버지는 사랑하는 아내와 가족들을 떠나고 싶지 않았다. 하지만 자신이 죽었다는 사실을 인정할 수밖에 없었다. 그리고 사람이 죽은 다음에 어떻게 되는지 궁금하기도 했다. 그래서 흔들리는 마음을 잡고 일단은 그 길로 가 보기로 했다.

창문으로 나와 걷기 시작하자 걷는 게 마치 하늘을 나는 것처럼 느껴졌다. 최근 몇 년간은 다른 사람의 도움 없이는 아예 걷지를 못했던 그였다. 바트 할아버지는 신나기도 하고 신기하기도 했다. 그리고 주변을 둘러보고 또 한 번 놀랐다. 그 이유는 바로 옆 건물 창문으로부터 하늘 높이 향하는 또 하나의 길이 생겨 있었고, 그 길을 바트 할아버지의 대학교 때 친구였던 바야르가 걷고 있었던 것이었다.

"바야르!"

바트 할아버지가 소리를 치며 친구의 이름을 불렀다.

"아니, 이게 누구야? 바트 자네 아닌가?"

바야르 할아버지도 친구를 알아보고 반가운 표정으로 바트 할아버지를 보며 미소를 지었다.

"야 오랜만이다 친구야. 너랑 여기서 이렇게 만날 줄이야. 살다 보면 별일이 다 생기는구나. 아 맞다, 난 지금 살아있는 게 아니지."

바트 할아버지는 친구랑 농담을 하면서 웃었다.

"우리가 이렇게 같은 날에 그것도 같은 시간에 죽다니. 누가 보면 짠 줄 알겠다."

바야르 할아버지도 농담을 하며 웃었다.

"내 말이 그 말이야, 우리가 죽었다는 건 슬픈 일이긴 하지만… 어쨌든 하늘까지 가는 길이 심심하지는 않겠군."

바트 할아버지가 웃으면서 말했다.

두 할아버지의 길은 사이에 빈 공간이 있도록 떨어져 있었기 때문에 둘은 악수를 할 수가 없었다. 그래도 이야기를 나누면서 걸을 순 있었다. 바트 할아버지는 예전에 고등학교를 졸업하고 처음으로 집을 떠나 낯선 나라로 유학을 갔을 때와 비슷한 기분이었다.

"잠깐만 기다리고 있어. 빨리 갔다 올게."

바야르 할아버지가 집으로 돌아 뛰었다. 집에 뭔가 중요한 걸 놓고 나온 듯했다.
바트 할아버지는 '나도 그럼 이 사이에 빨리 집에 가서 사랑하는 아내의 얼굴을 한 번이라도 더 보고 올까'라고 생각했다. 그러나 아내를 다시 보면 헤어지기가 더 힘들어질 테고 잘못 되면 헤어지지 못하게 될 수도 있겠다는 생각이 들었다. 바트 할아버지는 그냥 그 자리에 앉아 친구가 돌아오기를 기다리기로 했다.

오래 걸리지 않아 바야르 할아버지가 손에 무언가를 들고 창문 밖으로 나왔다. 그가 갖고 나온 것은 우산이었다.

"우산은 왜?"

바트 할아버지가 물었다.

"아 이거? 별거 아니야. 가는 길에 비가 올지도 몰라서. 내가 비 맞는 걸 좀 싫어하거든."

바야르 할아버지가 웃으면서 대답했다. 그리고 두 할아버지는 이런 저런 재미있는 이야기를 나누면서 걷기 시작했다. 바트 할아버지가 주변을 둘러보면서 말했다.

지금이 과거다

"와 여기서는 우리 도시가 한눈에 다 보이네."

"진짜 많이 변했네."

"그러게."

최근 몇 년간 외출이라고는 병원에 다녀올 때 뿐이었던 두 할아버지는 도시가 그동안 어떻게 변했는지를 구경하느라 바빴다. 둘이 마치 여행을 떠나는 것처럼 즐거웠다. 그러나 시간이 조금 더 지난 다음에 어느새 각자의 집에서 많이 떨어져 있다는 걸 알고 두 할아버지는 침묵에 빠졌다. 겉으로는 농담을 하며 재미있게 웃으면서 걸었지만 슬퍼서 울고 싶었던 속마음은 둘 다 마찬가지였다. 한동안 조용히 그리고 천천히 걷다가 바야르 할아버지가 먼저 입을 열었다.

"자넨 뭐가 제일 후회가 돼?"

바트 할아버지는 뭐라고 대답을 해야 할지 몰랐다. 후회가 되는 게 한두가지가 아니었기 때문이다.

"다 후회가 되지 뭐. 시간을 낭비하면서 살았던 것도 후회가 되고, 내 꿈을 좇아 원하는 삶을 살지 못한 것도 후회가 되고, 아내의 꿈을 이루기 위해서 최선을 다하지 못한 것도 후회가 돼. 솔직히 나는 내 꿈이 뭔지도 잘 몰랐어. 내가 원하는 삶이 어떤 삶인지, 내가 정말 하고 싶은 게 뭔지도 잘 몰랐던 것 같아."

그러자 바야르 할아버지가 말했다.

"나도 그래. 내 인생을 헛되게 살았던 것 같아서 기분이 정말 우울하구나. 살아 있을 때는 내가 시간의 소중함을 왜 몰랐을까? 내가 하기 싫은 일을 하느라 바빴고, 별 쓸데없는 일에만 내 인생의 대부분 시간을 써 버린 것 같아. 그리고 꿈 말이야, 나는 도전하기가 뭐가 그렇게 두려웠는지 모르겠어. 또 왜 노력을 기울이지 않았고, 왜 쉽게 쉽게 포기했을까? 지금 다시 젊었을 때로 돌아갈 수만 있었다면 그 어떤 꿈도 이룰 수 있을 것 같다."

친구의 말에 이어 바트 할아버지가 말했다.

"맞아. 나는 내가 꿈을 이룰 수 있는 조건이 안 된다고 생각했었던 것 같아. 그리고 나한테 기회가 없다고 생각했었지. 그러나 살아 있다는 것이 그 조건이었고, 살아 숨 쉬는 하루하루가 그 기회였다는 걸 왜 깨닫지 못했을까?"

그리고 두 할아버지는 한숨을 쉬면서 동시에 같은 말을 했다.

"내 인생을 다시 한번 살 수만 있었다면."

그들이 지금까지 걸어온 길은 천천히 사라지고, 앞으로 가야 할 길이 얼마 남지 않았다. 두 할아버지는 계속 걷고 있었다. 그러나 갑자기 바야르 할아버지가 걸음을 멈췄다. 바트 할아버지는 친구가 가는 내내 자꾸 집이 있는 쪽으로 돌아보는 걸 눈치 챘다. 바야르 할아버지는 사랑하는 사람들을 떠나는 것을 무척이나 힘들어하고 있는 모양이었다. 그때 바야르 할아버지가 뭔가 두렵고 불안한 표정으로 바트 할아버지를 쳐다보더니 이렇게 말했다.

"바트, 나는 도저히 못 가겠어. 이 길 끝에 천국이 있다고 해도 나는 내 사랑하는 사람들을 떠나지 못할 것 같다. 잘 가라, 내 친구."

그리고 바야르 할아버지는 바트 할아버지가 말 한마디도 하기 전에 집에서 챙겨온 우산을 펴들고 길에서 뛰어내렸다. 바트 할아버지는 가깝게 걷고 있었다면 친구가 뛰어내리기 전에 말렸을 것이다. 그는 집을 떠나지 못하는 친구가 불쌍하기도 했지만 친구의 결정이 정말 어리석다고 생각했다. 동시에 친구가 걱정되기도 했다. 바야르 할아버지가 집으로 돌아간다고 해서 그가 죽었다는 사실은 달라지지가 않을 것이다. 바야르 할아버지가 그의 가족에게 보이지도 않을 것이고, 혹시 보이거나 느껴진다면 사람들은 그를 귀신이라고 무서워할 것이다.

바트 할아버지는 아무리 많이 사랑한다고 해도 귀신이 돼서까지 같이 있겠다고 사랑하는 사람들을 무섭게 하고, 그들에게 부담을 주는 것은 절대 아니라고 생각했다. 바트 할아버지는 남에게 부담감을 주는 것을 제일로 싫어했었다. 그는 아내 아리나를 만나기 전에 몇번 짝사랑을 해 본 적이 있었는데, 그가 사랑에 빠진 여자가 "부담스럽다"라는 이 말 한마디만 하면 바로 마음을 접는 성격이었다. 그러나 아리나가 부담스럽다는 말을 할 때만 그 말이 그에게 통하지 않았던 것이었다.

바트 할아버지는 그가 걷고 있는 길의 가장자리에 누워서 친구가 어떻게 내려가는지 내려다봤다. 바트 할아버지는 바람을 타며 천천히 내려가는 친구를 보며 '살아 있는 사람이 아니라서 이렇게 우산을 펴 들고 하늘 높이에서 뛰어내리는 일도 가능하게 되는구나'라고 생각했다. 그리고 일어서서 가던 길을 계속 걷기 시작했다.

그가 하늘나라에 거의 다 온 것 같았다. 바트 할아버지의 마음이 떨리기 시작했다. 곧 바트 할아버지는 커다란 하얀색 구름 속으로 걸어갔다. 그러자 아무것도 보이지 않게 되었다. 그가 구름속으로 계속 걸었다. 그때 바트 할아버지의 눈 앞에 예쁜 대문이 하나 나타났다. 바트 할아버지는 긴장을 풀기 위해서 숨을 크게 한번 쉬고 대문을 열고 그 안으로 들어갔다.

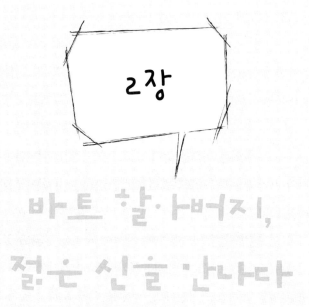

2장

바트 할아버지,
젊은 신을 만나다

구름 속에 있는 대문을 열어 안으로 들어가자 바트 할아버지의 눈앞에 놀라운 광경이 펼쳐졌다. 하늘나라에는 구름만 있을 줄 알았는데 거기는 땅도 있고 산도 있었다. 나무도 자라고 있고 강도 흐르고 있었다. 새들이 하늘을 날고 있었고 귀여운 동물들이 놀고 있었다. 그리고 제일 신기한 것은 집들도 있었고 사람도 사는 모양이었다. 그가 도착한 곳은 천국이었다.

바트 할아버지가 신기해하면서 주변을 구경하고 있을 때 멀리서 누군가가 그를 향해 달려왔다.

"안녕하세요, 여기까지 걸어오시려면 조금 더 걸릴 줄 알고 운동 좀 하고 있었어요. 생각보다 빨리 오셨네요."

러닝복을 입은 젊은 남자가 바트 할아버지 앞으로 달려와서 친근한 미소와 함께 인사말을 건넸다.

"네 안녕하세요, 근데 저를 아세요? 그리고 여기가 어디에요? 혹시 천국인가요?"

바트 할아버지가 물었다.

"네, 맞아요. 여기가 천국이에요. 별거 없죠?"

러닝복을 입은 젊은 남자가 웃으면서 대답했다.

"네? 그러면 그쪽은 누구세요?"

바트 할아버지가 설마 하면서 물었다.

"아 저요? 저는 신입니다."

러닝복을 입은 젊은 남자가 미소를 지으면서 대답했다. 바트 할아버지는 놀라서 어떻게 반응을 해야 할지도 몰랐다.

"좀 놀라실 수도 있어요. 그러나 부담 갖지 마세요. 저를 그냥 편하게 대하시면 돼요. 제가 오늘 바트 할아버지를 저의 집에 초대하고 싶어요. 여기서 그렇게 멀지 않거든요, 저의 집까지 저랑 같이 뛰실래요? 최근 몇 년간 뛰기는커녕 마음대로 걷지도 못해서 답답하셨을 텐데요."

러닝복을 입은 젊은 남자가, 아니 젊은 신이 말했다.

"아 네."

바트 할아버지는 젊은 신과 속도를 맞춰 뛰기 시작했다. 아직도 그 상황이 믿겨지지가 않고 있었다. 바트 할아버지가 천국의 아름다운 환경을 구경하면서 젊은 신과 함께 10분가

지금이 과거다

량을 뛰었다.

"바트 할아버지, 오랜만에 운동하니까 좋지요? 이제 거의
다 왔어요. 저기 보이시죠? 저게 우리 집이에요."

젊은 신이 아주 예쁘고 현대적인 2층 짜리 집을 손으로 가
리키며 말했다. 둘이 집 앞에 도착하자 젊은 신은 스트레칭
을 하고 나서 문을 두드렸다. 안에 누가 있는 모양이었다. 잠
시 후에 아름다운 여성이 문을 열어 줬다.

"들어오세요. 이 쪽은 저의 아내예요."

젊은 신이 바트 할아버지에게 아내를 소개했다.

"안녕하세요 바트 할아버지."

아내도 바트 할아버지가 올 거라고 예상하고 있었던 모양
이었다.

"안녕하세요, 정말 아름다우세요. 아내분이 아까우세요."

바트 할아버지는 농담 삼아 말했다. 그리고는 아차 싶었다. 그러나 젊은 신과 그의 아내는 웃었다.

"네, 저도 그렇게 생각합니다."

젊은 신이 사랑스러운 눈빛으로 아내를 쳐다보며 말했다.

"난 지금 저녁 식사 준비 중이니 자기는 바트 할아버지를 손님방으로 안내해 드려. 바트 할아버지, 오늘은 저희 집에서 자고 가실 거죠?"

아내가 말했다.

"응, 알았어. 바트 할아버지, 여기로 따라오세요."

젊은 신이 바트 할아버지를 2층에 있는 손님방으로 안내했다. 집 내부도 심플하고 현대적이었다.

젊은 신이 말했다.

"여기가 오늘 바트 할아버지 방이에요. 배고프시죠? 저의 아내가 지금 맛있는 요리를 하고 있으니까요. 잠깐만 쉬고 계세요. 제가 이따가 저녁 준비가 다 되면 모시러 올게요."

그리고 젊은 신은 1층으로 내려갔다.

30분 정도 지나자 젊은 신이 손님방으로 돌아왔다.

"바트 할아버지, 저녁 준비 다 됐어요. 1층으로 내려오셔서 저희랑 함께 식사하세요."

바트 할아버지가 1층으로 내려 가자 젊은 신과 아내는 식탁에 앉아서 그를 기다리고 있었다. 식탁 위에는 보기만 해도 침이 고일 만한 음식와 함께 포도주도 준비되어 있었다. 바트 할아버지도 식탁에 앉아서 셋이 식사를 하기 시작했다.

"바트 할아버지, 어떠세요? 음식이 입에 맞아요?"

젊은 신이 물었다.

"네, 정말 맛있습니다."

바트 할아버지가 대답했다.

"그죠? 저의 아내는 요리 실력이 정말 죽여주거든요."

젊은 신이 아내 자랑을 하면서 행복해 보였다. 그의 아내도 부끄러워하면서 행복해 보였다. 바트 할아버지는 식사를 하다가 말고 참다 참다 못하는 듯이 말했다.

"진짜 말도 안돼요. 신께서는 운동도 하고, 아내도 있고, 아내 자랑도 하고, 그리고 보이는 모습도 그렇고, 사람들과 똑같잖아요?"

지금이 과거다

그러자 젊은 신이 바트 할아버지의 그 말에 웃으면서 말했다.

"바트 할아버지, 제가 사람들과 똑같은 건지 사람들이 저랑 똑같은 건지 저도 모르겠어요."

바트 할아버지가 또 말했다.

"그리고 천국도 그렇고, 제가 살던 세상과 다를 게 하나도 없어요. 저는 지금 모든 것이 이해가 안됩니다. 여긴 천국 맞는 거죠?"

그러자 젊은 신이 웃으면서 대답했다.

"네 여기가 천국 맞아요. 그런데 당신이 살던 세상과 다르지 않고, 그 세상에서도 여기랑 똑같은 삶이 가능하다는 게, 그게 무슨 의미일까요?"

그러자 바트 할아버지가 잠시 생각하다가 대답했다.

"그러면 사람들이 살아 있는 동안에도 천국에 사는 것처럼 그런 삶을 살 수 있다는 말이네요."

그러자 젊은 신이 포도주 한 모금을 마시고는 대답했다.

"네, 바로 그거예요."

바트 할아버지는 갑자기 슬퍼졌다. 그리고 한숨을 쉬면서 말했다.

"그런 거였군요. 저는 근데 그렇게 행복하게 살지 못했습니다. 솔직히 당신이 부럽습니다. 저도 사랑하는 아내와 함께 이런 집에서 이렇게 행복하게 살고 싶었거든요. 그나저나 저는 이제 어떻게 되는 거예요? 천국에 남는 건가요?"

젊은 신이 음식에만 집중하고 있다가 말했다.

지금이 과거다

"바트 할아버지, 우리 그 이야기는 이따가 식사 후에 해요. 걱정할 건 없으니까요, 마음 편하게 식사부터 하세요."

저녁 식사를 마친 다음에 젊은 신이 물었다.

"바트 할아버지, 식사 맛있게 하셨어요?"

바트 할아버지가 대답했다.

"네, 맛있게 잘 먹었습니다."
"자, 그럼. 바트 할아버지께서 저한테 궁금한 것도 많으실 것 같은데, 우리 산책하면서 이야기 좀 나누러 갈까요?"

그리고 젊은 신과 바트 할아버지는 산책하러 밖으로 나갔다. 둘은 천천히 걸으면서 이야기를 하기 시작했다.

"바트 할아버지, 인생이 어땠어요?"

젊은 신이 물었다.

"덕분에 행복하고 즐거운 일들이 많았습니다. 그러나 그것
보다 후회가 되는 게 더 많습니다."

바트 할아버지가 대답했다.

"그래요? 뭐가 제일 후회가 돼요?"

젊은 신이 물었다.

"저는 남들 만큼이나 꿈이 많았습니다. 그러나 저의 사랑이
이루어져서 제 아내랑 결혼한 것만 빼고는 그 중에서 현실로
이루어진 꿈은 거의 없는 것 같습니다. 예를 들면 저는 베스
트셀러 작가가 되는 게 꿈이었습니다. 그러나 먼저 직장 생
활을 열심히 해서 돈도 좀 모으고 경제적으로 여유로워지고
싶었습니다. 그래서 책 쓰는 일은 맨날 미루기만 하다가 결
국 작가의 꿈을 자연스럽게 접었습니다. 저는 자기 꿈을 이

뤄서 꿈같은 인생을 사는 사람들은 따로 있다고 생각했던 것 같습니다. 그리고 저와 저의 아내같이 평범한 사람들은 꿈을 이룰 자격이 없다고 생각했던 것 같습니다."

바트 할아버지가 대답했다.

"아 꿈을 이룰 수 없다고 믿어 왔고, 그래서 꿈을 좇지 않으셨군요. 잘 됐네요."

젊은 신이 미소를 지으면서 말했다.

"잘 됐다고요? 그리고 저는 평생 제가 하기 싫은 일만 하면서 살았던 것 같습니다. 제가 진정으로 하고 싶고 좋아하는 일을 찾아서 했다면 하는 후회가 엄청 큽니다. 솔직히 그런 용기도 없었던 것 같습니다. 실패가 두려웠습니다. 실패를 피하면서 도전을 하지 않았는데, 결국엔 저의 인생이 실패했다는 생각이 듭니다."

바트 할아버지가 말했다.

"아 실패가 두려워서 좋아하는 일을 찾아서 도전하는 것 대신에 하기 싫은 일만 계속 하면서 살았군요. 바트 할아버지, 운이 좋으세요."

젊은 신은 또 미소를 지으면서 대답했다.

"네? 제가 운이 좋다고요? 그리고 또 저는 시간을 정말 많이 낭비하면서 살았습니다. 제 인생의 대부분을 낭비한 것 같습니다. 그리고 하고 싶었는데 하지 못한 것도 너무 많습니다. 특히 저는 아내와 함께 세계 여행을 정말 다니고 싶었지만 그럴 여유도 없었습니다. 사실 여유가 없다는 이유는 저의 핑계였던 것 같습니다. 마음만 먹었더라면 충분히 여행을 다닐 수도 있었습니다. 저의 사랑하는 아내의 한 가지 꿈이라도 제대로 이루어 주지 못한 게 후회가 됩니다. 저는 제자신이 가족을 먹여 살리기 위해서 열심히 일하고 바쁘게 살고 있다고 생각했었습니다. 그러나 제가 생각했던 바쁨은 가짜 바쁨이었던 것 같습니다. 솔직히 말하면 저는 열심히 사는 게 아니라 오히려 게으르게 살았던 것 같습니다. 제 자신이 한심하고, 모든 게 후회가 됩니다."

바트 할아버지가 한숨을 크게 쉬면서 말했다.

"아 그렇군요. 시간을 많이 낭비하면서 살았고, 여유가 없고 바쁘다는 핑계로 하고 싶었던 것을 하나도 하지 못하셨군요. 정말 다행이네요."

젊은 신이 웃으면서 대답했다.

"저는 제 인생이 후회가 돼서 기분이 안 좋은데 젊은 신께서는 도대체 왜 이렇게 기뻐하시는 겁니까? 뭐가 잘 된 거고, 이렇게 후회하고 있는 제가 왜 운이 좋은 거고, 또 이렇게 된 게 왜 다행인 겁니까?"

바트 할아버지가 물었다. 그는 기분이 좋지 않았다. 바트

할아버지는 젊은 신께서 그를 약올리는 것만 같아서 화가나
있었다. 그러자 젊은 신이 미소를 지으면서 말했다.

"아 바트 할아버지, 오해하시지 마세요. 제 말은 바트 할아
버지께서 이렇게 후회하고 계시는 게 다행이라는 말은 아닙
니다."

"그렇다면요?"

"그니까 뭐냐면, 바트 할아버지는 이제 인생을 한 번 더 다
시 사실 거거든요. 그래서 그게 다행인 거고, 바트 할아버지
께 인생이 하나 더 남아 있다는 게 잘 된 거고, 바트 할아버
지한테 '내가 만약에 인생을 두번 다시 산다면 그렇게 살겠다'
하고 생각하는 대로 인생을 살 수 있는 기회가 있어서 바트
할아버지께서 운이 좋으시다는 말이에요."

젊은 신이 그렇게 말을 마치고 바트 할아버지를 쳐다보며
미소를 지었다. 바트 할아버지는 할 말을 잃었다.

"네? 정말입니까? 제가 인생을 다시 산다고요?"

지금이 과거다

바트 할아버지가 기쁘면서도 의심스러운 표정으로 젊은 신에게 물었다.

"네 그렇습니다. 바트 할아버지께서 인생을 다시 한 번 사실거예요."
"와~!"

바트 할아버지는 너무 기뻐서 소리를 치면서 젊은 신을 껴안았다. 그리고 젊은 신에게 물었다.

"저 그러면 돌아가서 저의 아내와 가족들을 다시 보게 되는 겁니까?"
"네 그럼요. 그러나 바로는 아니에요."
"바로가 아니라면 언제 볼 수 있다는 겁니까? 자세히 좀 설명해 주세요. 저는 이해가 잘 안 가고 있습니다."
"네, 제가 천천히 설명해 드릴게요. 바트 할아버지, 잘 들으세요. 제가 처음에는 사람들한테 한번의 인생을 선물해 줬어요. 그리고 사람들이 인생을 최대한 행복하게 살기를 바랐죠.

하지만 대부분 사람들은 인생이라는 그 선물의 소중함을 깨닫지 못했어요. 그래서 인생을 마치고 오는 사람들은 거의 다 살아온 인생에 대한 후회가 많았죠. 그래서 저는 뭐 좋은 방법이 없을까 생각하다가 아주 좋은 아이디어를 생각해 냈거든요. 모든 사람에게 두 번의 인생을 선물해 주기로 말이에요.

사람들은 당연히 첫 번째 인생을 살 때는 그 인생의 소중함을 잘 모르기 때문에 되게는 인생을 낭비해요. 그렇기 때문에 인생이 끝나면 후회가 되겠지요? 시간이 다 지나간 다음에 후회하게 되면서 사람들은 그때서야 인생의 소중함을 확실하게 알게 돼요. 바로 그때 저는 그렇게 후회하고 있는 사람에게 다시 한 번 똑같은 선물을 주는 거예요. 그렇게 하면 이번에는 그 선물의 소중함을 잘 알기 때문에 처음에 그 선물을 받았을 때보다 훨씬 더 감사하게 되지요. 그리고 한 번은 자기 인생을 낭비하고 후회해 봤으니까 두 번 다시 살 때는 인생을 후회가 남지 않게 살 수 있게 된다고 생각한 거예요."

그러자 바트 할아버지가 기뻐서 어쩔 줄 모르는 표정으로 행복하게 웃으면서 말했다.

"젊은 신께서 만약에 저한테 '지나간 인생은 지나간 거고 이제부터는 여기 천국에 남아서 편하게 사세요'라고 말했다면 저는 그렇게 기쁘지 못했을 겁니다. 지나간 인생을 후회하면서 천국에 사는 것보다는 그냥 아예 사라져 버리는 게 나을 것 같기 때문입니다. 그래서 저는 젊은 신께 차라리 저를 아예 없애달라고 부탁했을지도 모릅니다. 그런데 지금 제가 인생을 다시 한번 살게 된다는 말을 들으니까 얼마나 기쁜지요, 저한테는 오늘보다 더 행복한 날이 없을 것 같습니다. 저하고 다른 사람들한테 인생을 두 번 다시 살 수 있는 기회를 주셔서 정말 감사합니다."

그러자 젊은 신도 그를 안아 주고는 말했다.

"저도 바트 할아버지가 기쁜 걸 보니까 기뻐요. 그러나 우리가 이렇게 기뻐하기에는 아직 이릅니다."

그러자 바트 할아버지가 조금 걱정스러운 표정으로 물었다.

"네? 그건 무슨 말입니까?"

그러자 젊은 신이 대답했다.

"그니까, 사람들이 인생을 두 번 다시 산다는 것은 과거로 돌아간다는 말이거든요. 제가 사람들이 새로운 삶을 살게 하는 게 아니라 시간을 되돌려서 과거로 보내주는 거예요. 사람들이 과거로 돌아가서 자기가 태어났던 날로부터 인생을 처음부터 다시 살기 시작한다는 말이에요. 물론 이번에는 인생을 다르게 살 순 있지만 문제는 그게 두 번째 인생이라는 걸 기억하지 못하는 거예요."

젊은 신의 말을 진지한 표정으로 듣던 바트 할아버지가 다시 물었다.

"인생을 한 번 살았다는 걸 기억하지 못 하면 두 번째 인생도 첫 번째 인생이랑 똑같이 살아서, 죽은 다음에 또다시 후회하게 될 수도 있다는 말입니까?"

지금이 과거다

젊은 신이 고개를 끄덕이면서 대답했다.

"안타깝게도 그럴 수 있어요. 그리고 두 번째 인생도 똑같이 낭비하고 나서 후회하게 되면 그때는 저도 어떻게 해 줄 수 없어요. 그래서 제가 바트 할아버지한테 부탁드릴 게 하나 있어요."

"젊은 신께서 저한테 부탁을 한다고요? 무슨 부탁입니까?"

"바트 할아버지께서 과거로 돌아가서 인생을 처음부터 다시 살다가 그게 두 번째 인생이라는 것을 기억하게 되면 그때 다른 사람들한테 알려주세요. 바트 할아버지께서 두 번째 인생을 살고 계실 때 동시를 살고 있는 다른 사람들도 마찬가지로 두번째 인생을 살고 있을 거예요."

그러자 바트 할아버지가 젊은 신에게 물었다.

"그런데 제가 기억한다는 것도 확실하지는 않지 않습니까? 그냥 젊은 신께서 직접 한번 내려가서 사람들한테 말해 주면 안됩니까?"

그러자 젊은 신이 웃으면서 말했다.

"제가 가면 사람들 반응이 어떨 것 같아요?"

"당연히 사람들이 기뻐하겠지요. 그리고 젊은 신께서 사람들한테 그게 두 번째 인생이라는 것을 말해 주면 모든 사람들이 두 번째 인생을 후회가 남지 않게 살게 되지 않겠습니까?"

"글쎄요. 과연 그럴까요? 제가 가서 사람들한테 그 말을 한다고 해도 사람들은 저의 말을 듣지도 않고 저한테 온갖 다른 질문들을 던지거나 수많은 부탁을 하느라 엄청 바빠질지도 몰라요. 그리고 서로 먼저 저랑 만나 보려고 싸우게 될지도 몰라요. 그리고 있잖아요, 저보고 광고를 찍어 달라고 부탁할지도 모른다니까요."

젊은 신이 농담 삼아 대답하면서 크게 웃었다.

"하긴 그럴 수도 있을 것 같네요. 그런데 제가 정말 기억할 수 있을까요? 그게 두 번째 인생이라고 기억할 수 있는 방법은 뭐 없습니까?"

214
지금이 과거다

바트 할아버지가 물었다. 그러자 젊은 신이 미소를 지으면서 대답했다.

"사실은 제가 사람들을 과거로 돌려보내기만 하고 똑같은 실수를 두 번 다시 해서 후회가 되는 인생을 살게끔 내비둬서 가만히 보고만 있지는 않아요. 제가 사람들한테 힌트를 주기도 하고 살짝 말해 보기도 해요."

"어떤 힌트를요?"

"바트 할아버지가 첫 번째 인생을 살았을 때는 그런 경우가 없었을 거예요. 그러나 두 번째 인생을 살면서 가끔씩은 현재 진행 중인 상황이 앞으로 어떻게 될지를 몇초 전부터 미리 알고 있고, 예전에 그 상황에 있었던 것처럼 느낄 때가 있을 거예요. 그게 바로 한 번 살았던 삶을 두 번 다시 살고 있다는 걸 알리기 위한 힌트인데, 안타까운 것은 사람들이 그걸 꿈에서 봤던 상황과 비슷한 상황이 벌어지는 거라고 알아서 해석하는 것 같았어요."

"그래요? 그러면 살짝 말해 줄 때는 언제 뭐라고 말합니까?"

"제가 사람마다 다르게 말해요. 바트 할아버지한테는 뭐라고 할지는 아직 모르겠어요. 그러나 한 가지 확실한 것은 제가 대부분의 경우에는 그 사람이 제일 힘들어하고 있을 때 말합니다. 바트 할아버지가 제 말을 듣고 부디 모든 것을 기억했으면 좋겠네요."

젊은 신이 말하고 바트 할아버지를 믿음직스러운 눈빛으로 쳐다보며 미소를 지었다.

"네. 저는 꼭 기억해야만 합니다. 꼭 기억하고 저의 과거를 바꿔서 저의 두 번째 인생을 첫 번째와는 다르게 살아야 합니다. 젊은 신께서는 제가 바로 기억할 수 있게 크게 좀 말해 주세요."

바트 할아버지는 기억할 수 있을 거라는 자신이 있는 듯이 말했다. 그리고 젊은 신과 바트 할아버지는 집으로 돌아갔다.

"바트 할아버지, 오늘은 우리 집에서 푹 쉬세요. 그리고 내일 아침에 제가 과거로 보내 드릴 거예요."

젊은 신이 말했다. 바트 할아버지도 그 하루 안에 죽기도 하고, 사랑하는 사람들과 헤어지기도 하는 등 많은 일들이 있었으니까 빨리 쉬고 싶었다.

'내가 이렇게 천국에 와서 신네 집 손님방에서 잠을 자다니, 살다 보면 별일이 다 있군요.'

바트 할아버지는 침대에 누우면서 생각했다. 그리고 또 생각했다.

'아 맞다, 나는 지금 살아 있는 게 아니지. 참, 그나저나 천국에도 저녁이 오는구나.'

바트 할아버지는 재미있는 생각들을 하면서 누워 있었다. 그는 내일 아침에 과거로 돌아가서 인생을 다시 산다는 생각에 무척 행복했다. 그리고 바트 할아버지는 잠에 들었다.

다음날 아침, 천국에 해가 떴다.

“바트 할아버지, 1층으로 내려오셔서 아침 식사하세요.”

젊은 신이 바트 할아버지를 불렀다. 바트 할아버지가 1층
으로 내려가서 맛있는 아침 식사가 준비되어 있는 식탁에 앉
았다.

“잠은 편하게 잘 주무셨어요?”

젊은 신의 아내가 바트 할아버지에게 물었다.

“네, 아주 편하게 잘 잤습니다.”

바트 할아버지가 대답했다.

“이제 과거로 돌아가서 인생을 다시 산다고 생각하니까 설
레죠?”

젊은 신이 물었다.

지금이 과거다

"네, 설레고 기분이 좋습니다. 그런데요, 제가 모든 것을 기억한다고 해도 다른 사람들한테는 어떻게 알려야 합니까?"

바트 할아버지가 물었다.

"베스트셀러 작가가 되는 게 꿈이었다고 하셨잖아요? 책을 쓰시면 되겠네요."

젊은 신이 말했다.

"제가 어떻게 많은 사람들이 읽고 싶어할 만한 좋은 책을 쓸 수 있겠어요? 그 방법은 아닌 것 같습니다."

바트 할아버지는 자신없는 목소리로 말했다.

"바트 할아버지, 이번에도 계속 '할 수 없다'고 믿으면서 자신 없이 살다가 나중에 인생을 마친 후에 또다시 후회하시게요?"

젊은 신의 아내가 물었다. 바트 할아버지는 그 말이 맞다고
생각했다.

"바트 할아버지께서 꼭 이루고 싶었던 소중한 꿈이잖아요?
꼭 그 꿈을 이루세요. 할 수 있으실 거예요. 저는 꿈이 있고
그 꿈을 이루기 위해서 노력하는 사람이 좋고, 모든 이들의
꿈을 응원합니다. 사실은 저도 꿈이 있답니다."

젊은 신이 미소를 지으면서 말했다. 바트 할아버지는 젊
은 신에게 꿈이 뭐냐고 묻지 않았다. 그리고 젊은 신에게
물었다.

"참, 지옥은 어떻게 생겼어요? 궁금하네요."

그러자 젊은 신이 웃으면서 말했다.

"지옥에 가 보시고 싶으세요? 제가 보내 드려요? 후회하지
않으실 거죠?"

그러자 바트 할아버지가 말했다.

"아 아닙니다. 방금 한 말은 못 들은 걸로 하세요."

젊은 신이 웃으면서 말했다.

"걱정마세요. 제가 지옥으로 안 보낼 거예요. 그러나 한 가지만 기억하세요. 사람들이 사는 세상에서는 천국에서의 삶과 비슷한 삶을 살 수 있는 것처럼 지옥에서의 삶과 비슷한 삶도 가능해요. 그 사람이 천국에 있는 것처럼 사느냐, 지옥에 있는 것처럼 사느냐의 문제는 그 사람에게 달려 있는 거예요."

바트 할아버지는 그 말도 맞다고 생각했다. 그리고 젊은 신에게 또 물었다.

"제가 하나 더 궁금한 게 있는데요, 젊은 신께서 저를 집에 초대도 하고, 같이 식사도 하고, 저한테 그렇게 중요하고 큰 부탁을 하고, 왜 저를 이렇게 잘 대하고 또 믿어 주시는 겁니까? 제가 무슨 특별한 사람도 아닌데 말입니다."

그러자 젊은 신이 대답했다.

"이게 바로 제가 제일 안타까워 하는 것 중 하나인데요, 대부분 사람들은 자기 자신이 특별하지 않다고 생각해요. 그래서 특별하게 잘살 자격도 없다고 생각하죠. 그건 정말 잘못된 생각이거든요. 모든 사람이 특별하고 소중해요. 바트 할아버지도 특별한 사람이에요. 그리고 저는 모든 사람을 집에 초대하고, 또 바트 할아버지한테 한 부탁도 모든 사람에게 똑같이 부탁하고 과거로 보내요. 그 중에서 누가 모든 것을 기억하고 다른 사람들에게 알려줄지는 모르니까요."

그러자 바트 할아버지가 웃으면서 말했다.

"아 그래요? 저는 제가 뭔가 특별한 사람이라서 저만 이렇게 특별하게 대하는 줄 알았어요. 그래서 어제 잠들기 전에

'내가 살아 있는 동안에 무언가 커다란 좋은 일을 한 것 같은 데, 그게 도대체 뭘까?' 하는 생각도 해 봤잖아요."

그러자 젊은 신이 약간 화를 내면서 말했다.

"거봐요. 지금 바트 할아버지께서는 또 자기 자신이 특별하지 않다고 생각하고 계세요. 제가 모든 사람들을 똑같이 집에 초대하는 거니까 바트 할아버지를 집에 초대하는 건 특별한 일이 아니라고 생각하는 거잖아요? 바트 할아버지께서 특별하고 소중한 뭔가를 가졌는데 남들도 똑같은 것을 가지고 있으면 바트 할아버지께서 그 특별하고 소중한 것을 더 이상 특별하고 소중하다고 생각하지 않으시겠다 이거잖아요? 남들도 눈이 있으니까 당신한테 눈이 있는 건 특별하고 감사할 일이 아닙니까? 남들도 다리가 있으니까 당신한테 다리가 있는 건 특별하고 감사할 일이 아니에요? 그건 정말 잘못된 생각이에요. 바트 할아버지께서 나중에 책을 쓸 때 이 내용에 대해서도 꼭 좀 써 주셨으면 좋겠어요."

그러자 바트 할아버지가 죄송스러운 마음이 들었다. 살아 있는 동안 삶에 대해서 감사하는 법을 모르고 살았다는 것을 깨달았다.

"제가 살아 있는 동안에 너무 감사할 줄 모르고 살았다는 걸 이제 깨달았습니다. 제가 책을 쓸 때 이 내용에 대해서 꼭 쓰겠습니다."

셋이 아침 식사를 마치고 집 밖으로 나갔다.

"자, 이제 바트 할아버지께서 과거로 돌아가실 시간이 됐네요. 준비되셨나요?"

젊은 신이 물었다.

"네 준비됐습니다. 그런데요, 제가 두 번째 인생을 마친 후에 우리가 또 보는 겁니까?"

바트 할아버지가 물었다.

"그건 제가 지금 말해 줄 수 없습니다. 바트 할아버지, 두 번째 인생을 첫 번째 인생처럼 후회가 남는 인생이 되지 않도록 잘 사시기를 바랄게요. 그럼 안녕히 가세요, 바트 할아버지."

젊은 신과 그의 아내가 미소를 지으며 손을 흔들었다. 그러자 바트 할아버지는 마치 자기 자신이 바람이 되는 듯한 느낌을 느꼈다. 그리고 눈이 저절로 감기고 바트 할아버지는 잠에 들었다.

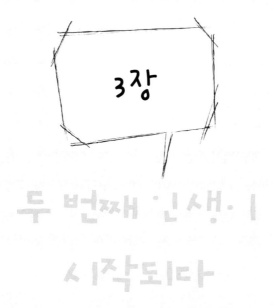

3장

두 번째 인생, 1
시작되다

바트 할아버지가 눈을 떴다. 아니다. 아기 바트가 눈을 떴다고 하는 게 맞다. 바트 할아버지는 이제 더 이상 할아버지가 아니었다. 그는 자기가 태어났었던 날로, 즉 과거로 돌아온 것이었다. 그렇게 바트 할아버지의 두 번째 인생이 시작되었다.

아기 바트는 중국과 러시아 사이에 위치하는 몽골이라는 나라에, 젊은 부부의 첫 아이로 태어났다. 아기 바트가 태어나는 그 시기에 동시를 살고 있는 사람들도 마찬가지로 두 번째 인생을 살고 있는 사람들이었다. 그러나 그게 과거이고

지금이 과거다

자기가 두 번째 인생을 살고 있다는 사실을 알고 있는 사람은 없었다. 그래서 모두의 삶이 그 사람의 첫 번째 인생이랑 다를 것 없이 비슷하게만 흘러가고 있었다. 아기 바트도 마찬가지로 첫 번째 인생을 반복하기 시작했다.

아기 바트가 커서 고등학교를 졸업했다. 그리고 운 좋게 한국이라는 나라로 유학을 가게 되었다. 한국에 가서 어느 작은 도시에서 대학을 다니면서 4년을 보냈다. 작은 도시에서 대학을 졸업하고 공부를 더하고 싶은 바트는 한국의 수도인 서울에 위치하는 어느 명문대에 입학할 수 있었다. 그러나 명문대에 합격했다는 기쁨은 오래 가지 않았다. 바트의 가정 형편이 그리 좋지 않았기 때문에 사립대학교의 비싼 등록금은 큰 부담이 될 수밖에 없었다. 그의 부모님은 한 달에 번 돈으로 그달 먹고 살기가 바빴기 때문에 모아 놓은 자금이라고는 없었다. 그래서 바트의 학비를 보내주기 위해서 대출을 받아야만 했다.

"그렇게 좋은 대학교에 합격한 우리 아들이 자랑스러워. 공부는 엄마, 아빠가 어떻게 해서든 시켜줄 테니까 걱정하지 말고 공부만 열심히 해야 돼, 알았지?"

바트의 부모님이 전화로 말했다. 그래서 바트는 공부를 죽어라 열심히 하여 다음 학기부터는 성적 장학금을 받고 싶었지만 바트 뜻대로 되지는 않았다.

안 그래도 모자라던 어머니의 월급에서 일부분이 매달 대출을 갚는 데에 나가고 있다는 것을 바트는 알고 있었다. 공부를 열심히 하겠다는 마음은 있었지만 바트 때문에 부모님과 그의 여동생의 생활이 점점 더 힘들어지고 있다는 생각이 그의 머릿속을 떠나지 않았다. 그래서인지 공부가 생각대로 잘 되지 않았던 바트는 새 학교에 적응을 하는 데 어려움을 겪기 시작했다.

바트 학생, 노숙생이 되다

그때 바트는 학비는 어쩔 수 없이 부모님한테 받더라도 적어도 생활비는 알아서 해결해야겠다고 생각했다. 그래서 수업이 없는 주말에는 노가다 아르바이트를 하기 시작했다. 막

노동을 해서 버는 돈으로 하루 두 끼 정도는 먹을 수 있었지만 월세를 내고 방을 얻거나 기숙사에 들어가기에는 돈이 모자랐다. 교재도 사야 하고 과비도 내야 하는 등 비용이 적지 않았기 때문이었다.

그래서 바트는 새 학교 첫 학기부터 학교 내부 복도에 있는 의자 위에 쪼그려 누워서 잠을 자기 시작했다. 부모님한테는 기숙사에 들어갔다고 거짓말을 했다. 바트는 노숙을 하는 대학생이 되었으니까 그를 노숙생이라고 불러도 괜찮을 것 같았다.

바트한테는 알람시계가 필요 없었다. 그의 열정이 그를 깨웠다는 건 아니다. 날마다 새벽 추위에 잠에서 저절로 깼기 때문이었다. 잠을 제대로 자지 못 했지만, 그래도 그에게 24시간 동안 열려 있는 학교가 있어서 다행한 일이었다.

주먹을 날리고 싶은 아저씨를 만나다

어느 주말이었다. 바트가 노가다 아르바이트를 하고 돌아가는 길이었다. 하루의 일을 다 하고 새벽에 출 발한 곳에 돌아온 후 운전을 하던 아저씨와 바트가 함께 차에서 내렸다. 하루종일 바트한테 짜증을 내고 욕을 하면서 일을 시킨 그 아저씨가 말했다.

"네가 일을 잘하지도 않았으니까 이거면 충분하겠다. 감사하면서 받아라. 그리고 내일부터는 다신 오지마."

그리고는 바트한테 원래 줘야 하는 일당에서 만원을 뺀 금액을 현금으로 줬다. 바트한테는 만 원도 필요한 큰 돈이었다. 그래서 바트는 기분이 좋지 않았다. 그리고 아저씨한테 말했다.

"아저씨, 제가 열심히 했잖아요? 아저씨가 그렇게 생각하지 않는다고 해서 일이 다 끝난 다음에 이렇게 원래 줘야 하는 일당을 안 주면 어떡해요?"

둘은 말다툼을 하기 시작했다. 바트가 만 원을 포기할 것 같지 않자 짜증이 난 아저씨는 화를 내면서 말했다.

"너 지금 때리고 싶냐? 때려 봐! 외국인 유학생이 이렇게 일을 하는 것도 불법인 거 알아? 경찰 불러? 경찰 부르면 네가 너희네 나라로 돌아가게 될 걸."

바트는 억울하고, 화가 많이 났지만 어떻게 할 수가 없었다. 그래서 바트는 가슴이 너무 답답한 나머지 그 자리에서 울어 버렸다. 그랬더니 그 아저씨는 미안한 마음이 들었는지 주머니에서 만 원을 더 꺼내 줬다. 바트는 그 만 원을 멋있게 찢어 버리고 그 아저씨의 얼굴에다가 던져 버리고 싶었다. 그러나 하루라도 더 밥을 사먹으려면 만 원이 필요했기 때문에 그렇게 하지 못했다. 바트는 자존심이 상했다. 아저씨는 차에 타서 금방 떠났다. 바트는 찜질방을 향했다.

바트는 손에 만 원짜리 화폐를 꽉 쥔 채 사람들이 보는 길거리에서 계속 울면서 걸었다. 가족, 집, 고향 등 여러가지 생각들이 바트의 머릿속을 맴돌고 눈물은 멈추지 않았다. 바트는 그날 저녁 오랜만에 그리고 오랫동안 말 그대로 엉엉 울었다. 그날 바트는 다시는 돈을 벌기 위해서 싫어하는 일을 억지로 하지 않겠다고 다짐했다. 그리고 꼭 성공해서 부자로 살겠다고 자기 자신이랑 약속을 했다.

그날 그 아저씨가 바트를 어린애처럼 울게 만들지 않았더라면 바트는 아마 지금도 어딘가 공사장에서 벽돌을 나르고 있을지도 모른다.

바트, 거지가 되다

그런데 돈도 없는 애가 아르바이트도 안 하면 어떻게 되겠는가? 쉽게 예상할 수도 있겠지만, 바트는 거지가 되었다. 물론 바트 정도 생겼으면 그냥 거지가 아닌 꽃거지가 되었겠지만.

바트가 그동안 막노동을 하면서 벌어놓은 돈은 며칠 안 돼서 바닥이 났다. 찜질방에서 편하게 잠을 자는 것이 바트의 소원이 되어 버렸고, 하루에 한 끼 먹기도 힘들어졌다. 그는 학교 친구들한테 5천 원, 만 원씩 빌리고 다니기 시작했다. 돈이 없으면 얼마나 힘들어지고, 친구들도 하나 둘씩 멀어진다는 사실을 바트한테 가르쳐 준 시기였다.

그렇게 하루하루를 보내던 바트가 어느날 새벽 학교 복도에서 일어날 때 그의 주머니에는 백 원짜리 동전 3개밖에 없었다. 그리고 돈을 빌려 달라고 부탁할 사람도 없었다. 바트는 학교 복도에 있는 자판기에서 2백 원짜리 우유설탕커피를 사먹고 그날 내내 다른 것은 먹지 못 했다.

다음날 저녁이 되었다. 공부를 열심히 해야 하는 학생이 먹을 것밖에 생각하지 않고 있었다. 바트는 그런 자신이 원망스럽기도 하고, 부모님한테 죄송하기도 했다.

바트는 감나무가 미웠다

이틀째 물밖에 못 먹고 굶었던 바트 머리에 갑자기 학교 캠퍼스 안에 있는 감나무가 떠올랐다. 바트는 감나무에 가서 감을 따먹으면 되겠다고 생각했다. 맛있는 감을 먹겠다는 생각에 벌써부터 마음이 기뻤고, 바트의 입에는 침이 고이고 있었다. 그리고 얼른 날이 어두워져서 사람들의 발길이 끊기기를 설레는 마음으로 기다렸다. 저녁 10시쯤 되자 캠퍼스는 조용해졌다.

바트는 도둑처럼 주변에 사람이 있는지 없는지를 살펴본

다음에 감나무를 흔들어 보기 시작했다. 아직 덜 익어서 그런지 아무리 세게 흔들어 봐도 감은 당최 떨어질 기미가 보이지 않았다. 바트는 감을 떨어트리려고 신고 다녔던 슬리퍼를 던져 보기 시작했다. 흔들어 보기도 하고 슬리퍼를 던져 보기도 하면서 10분 가량 애를 썼지만 감은 여전히 떨어질 것 같지가 않았다. 바트는 감나무가 미웠다. 소리라도 지르고 싶었다. 그때 바트의 그 모습이 CCTV에 잡혔다면 슬프면서 웃기는 장면이 남아있을 것이다.

그런데 뜻이 있는 곳에는 길이 있다고 하지 않은가? 바트는 맛있는 감은 포기해야만 했지만 건강을 생각해서라도 뭐라도 먹어야만 했다. 그래서 더 도둑적인 행동을 했다. 그의 학교 근처에 있었던 대부분 고시원들은 주방에 가보면 밥솥에 항상 밥이 되어 있었다. 바트는 늦은 시간에 한 고시원에 몰래 들어가서 냉장고에 있는 김치까지 꺼내 놓고 밥이랑 같이 맛있게 먹었다. 그래도 바트는 김치 말고는 다른 사람의 반찬에 손을 대지는 않았다. 배가 든든해진 바트는 잠을 자기 위해서 학교로 향했다.

　다음날 새벽이 되었다. 바트는 새벽 추위에 벌벌 떨면서 잠에서 깼다. 그때 바트한테 어떤 이상한 소리가 들렸다.

　"지금이 과거다."

한국말의 '한'자도 몰랐던 저에게 한국어뿐만이 아니라 많은 지식과 지혜를 가르쳐 주신 전주기전대학 모든 교수 및 직원 분들께 감사드립니다.

무엇보다 더 '한국'이라는 이 아름답고, 대단한 나라에 유학 올 기회를 주신 것에 감사드립니다.

부학장님도 그렇고, 의장님도 그렇고, 교수님들도 그렇고, 학교 직원들 한 사람 한 사람이 저한테는 부모님 같고, 형 누나 같았습니다.

그리고 현재 재학 중인 고려대학교 모든 교수님 및 직원 분들께도 감사드립니다.

처음 입학 신청을 할 때 자기 소개서에 썼던 대로 최선을 다해 공부를 열심히 하지 못하고 있는데도 불구하고 저를 이 해해 주시고, 걱정해 주시고, 장학금을 받을 기회까지 만들 어 주신 것에 감사드립니다.

가족과 멀리 떨어져 있는 저에게 가족 같은 따뜻함을 느끼 게 해 주신 모든 분들께 감사드립니다.

특히 전주관광호텔에서 일을 했을 때 하루는 할아버지랑 전화 통화를 하고 나서 울고 있었던 저를 보고 위로해 주며 함께 눈물을 흘려 주었던 직원 누나에게 감사드립니다.

한옥 마을에서 일을 했을 때 저를 자기 손자처럼 대해 주셨 던 할머니께 감사드립니다.

밥 사먹을 돈도 없어서 굶어야 했던 저에게 외상으로 밥을 먹을 수 있게 허락해 주고, 많이 먹고 힘내라며 고봉밥으로 챙겨 줬던 식당 형과 이모들에게 감사드립니다.

한국어로 책 쓰는 베스트셀러 작가의 꿈을 좇고 있는 저에게 용기를 심어 주고, 응원해 주고 있는 페이스북 그룹 '책벌레그룹', '전철에서 책 읽는 사람 찾기', '독사모', '꿈.틀.이'의 모든 관리자 및 멤버 분들께 감사드립니다.

그리고 출판사 '책과 나무' 실장님 및 직원 분들께 감사드립니다.

마지막으로 하늘 나라에 계신 우리 두 할아버지, 그리고 우리 두 할머니, 엄마, 아빠, 우리 여동생, 그리고 모든 이모, 고모, 삼촌 등 친척 분들께 감사드립니다.

한국어로 책 쓰는 베스트셀러 작가가 되는 게 꿈이라고 말하지만 그 뒤에 숨은 진짜 제 꿈은 성공해서 엄마, 아빠를 편안하게 해 드리는 것입니다.

매너 없는 사람들이 창문 밖으로 쓰레기를 버리면 그 쓰레기가 우리 집 창문 바로 앞에 "툭"하고 떨어지는 지하층에 살고 있는 엄마, 아빠를 좀 더 좋은 집으로 이사시켜 드리고, 똥차밖에 타 보시지 못한 엄마, 아빠를 평생 처음으로 새로운 차를 타 보시도록 해 드리고, 한국과 일본에서 몇 년간 불법체류자로 공장 일을 하셨던 엄마, 아빠를 한국 여행도 시켜 드리고, 한국에서도 비싼 저의 등록금을 마련하기 위해 대출까지 받아 고생하고 계시며, 병원비가 비싸다고 몸이 아픈데도 병원을 잘 안 가는 엄마, 아빠한테 빚도 갚고 치료도 제대로 받으시라고 용돈도 드릴 수 있는 능력 있고, 자랑스러운 아들이 되는 게 저의 진짜 꿈입니다.

늘 감사하고, 사랑합니다.